アポカリプスの花

黒淵 晶
KUROBUCHI Akira

文芸社文庫

アポカリプスの花

プロローグ

小学校の校庭の隅。

そこに一本の合歓木《ねむのき》が生えていた。とても背が高くて、私がちょっと背伸びしたくらいじゃ届かない。たくさんの葉を茂らせたその木は、夏が来る前、いっせいに花を咲かせる。合歓木の花は、儚《はかな》い薄紅色で、おしべの一本一本が絹の糸のように細く、繊細で、それはもう、ため息が出るくらい奇麗だ。

不思議な形の葉の上に、いくつも薄紅色のカーテンがかかるその姿。それは、校舎から放課後を知らせる甲高《かんだか》いチャイムが鳴って、だいぶ後にならないと見られない。

昼と夜の境に、花は咲く。

赤いランドセルを背負った私は、そんな合歓木の花が咲き出す頃、夕焼けを追いかけるように校庭を走っていた。

ふと、合歓木の下のほうに目をやると、誰かの影が見えた。

私はその影のほうにゆっくりと歩み寄った。男の子が、木陰でしゃがみ込んでいる。たしか同じ五年生の子だ。名前は、えーと……。

私は勇気を出して、その合歓木の袂《たもと》に駆け寄った。

「ねぇ！　何しているの？」

突如現れた私に、男の子は身体をびくつかせて、こちらの顔を見上げる。怪訝《けげん》な表情をしていた。

「どうしたの？」

私は首を傾《かし》げながら聞いた。少し長い黒髪。おとなしい印象の彼は、おずおずと言った。

「これ」

私は彼の掌《てのひら》を覗き込んだ。少年の手に載せられていたのは、小さなハムスターだった。目を瞑《つむ》り、体を硬く縮こませている。

「クラスで飼っていたジャンガリアンハムスターが死んだんだ。飼育係は僕だったのに……」

私はその隣にしゃがみ込み、しばらく彼と彼の手の上で眠るハムスターをかわるがわる眺めた。

「あなたのせいじゃないよ」

私は彼をなぐさめるように言った。

彼は悲しそうであり、同時に、それとは別の、何か深刻なことを考えているようでもあった。彼は優しげな手つきで、ちょうどハムスターが入るくらいの小さな墓穴を掘ってやり、遺骸《いがい》を寝かせると、そっと土をかけた。

「この場所に埋めたら、この子はどこに行くんだろう？」

彼はすっと立ち上がって言った。午後の斜陽《しゃよう》が、彼の輪郭《りんかく》を柔らかくする。それに合わせて、表情が変化した。深く悲しんでいるような、儚んでいるような、はたまた、私たちのいるこの世界に疑問を呈しているかのような、そんな顔でこっちを見ている。

「天国に行くんだよ！」

私は、彼を励まそうと思って、精一杯笑った。

「天国？」

そう、と言って私は両手を広げた。

「人間だっていつか死んじゃうかもしれないけど、天国に行けるって考えれば楽しいじゃない？　だからね、ハムスターもきっと天国に行くんだよ」

私は笑顔を作った。彼は戸惑うように笑っていた。

「ねえ、あれ！」

その時だ。合歓木の頂《いただき》に止まっていた、鳥よりもずっと大きな何かが、私たちの話し声に気づいたのか、大きな音を立てて飛び去っていった。夕日の直射を浴びたそれは、赤色に輝き、校庭に大きな影を投げかけている。

「なんだろう、鳥かな」

男の子は不思議そうに空を見上げた。

「鳥じゃないよ。もっとずーっと大きかったもん」

私はまた大きく両手を広げた。

「鳥じゃないなら、いったいなんなんだよ」

彼は、私の無邪気さに呆れて、少し表情を変えた。

「ははーん、わかった。あれはきっと悪魔ね」

「悪魔？」

「うん。本で読んだの。人間の世界にときどき降りてきてね、とってもおもしろい話を聞かせてくれるんだって！」

「そんなこと言ったって、悪魔なんだろ？　悪魔っていうくらいだから悪い奴が悪魔なんだ。だからおもしろい話なんてするわけないよ」

彼は真剣な眼差しをこちらに向けた。それでもめげずに私は返答した。

「いい悪魔と悪い悪魔がいるの！」

「そっかなぁ……」

彼は考え事をするように上を向いた。私もそれに合わせて上を向く。合歓木の葉が、もうじき葉を閉じようとしている。

「ねぇ、あなた名前なんて言うの？」

「五年四組の薗田政博《そのだまさひろ》だよ」

「私、五年三組の朝倉葉子《あさくらようこ》ね！　よろしく」

そう言って私たちはぶんぶんと手を握り合った。

私は満面の笑みを浮かべた。彼は少し恥ずかしそうにしていた。

一

枕元にある置時計を見る。

デジタルの表示がはっきりと朝の七時半を示している。なぜだろう、まるで寝た気がしない。寝癖のついた頭を掻きながら、私はだるい身体を起こした。パジャマのままキッチンへ向かい、冷蔵庫に残っていたオレンジジュースを一気に飲み干す。

変な夢だった。なぜか夢に出てきたのは小学校時代の私と政博だ。しかし、彼と初めて会ったのは大学のキャンパスのはずなのに、おかしい。懐かしさと温もり、それに反する不可解さ。

どうしてあんな夢を？

私はトーストをかじりながら、テレビの電源を入れた。キャスターは、東京であった不審死事件のことを報道していた。内容は、都内に住む高齢者が路上で遺体となって発見されたというものだった。キャスターは、遺体の損傷が不自然なほど激しく、愉快犯による殺人事件の線もある、といったようなことを話していた。

私は興味のない朝のニュース番組を見ながら、大きく背伸びをした。さっさと忘れよう。夢の出来事なんて、些細《ささい》なことに過ぎないんだから。それよりも仕事に行かなくっちゃ。私はクローゼットの中から取り出した五分袖のブラウスをはおり、鏡の前でアイラインを引きながら、ふとベッドで寝ている彼を横目で見た。

穏やかな眠りについている彼。

政博とは一緒に暮らし始めてもう七年になる。彼は今日のように仕事が休みの日には、決まって遅くまで寝ている。本当は朝食くらい一緒にとりたいのだけど。いや、寝かせておこう。政博も日ごろ仕事に忙殺されている一人だ。私は、寝室で寝息を立てている政博には声をかけず、レザーのバッグと、燃えるゴミの袋を掴み、玄関の扉を静かに開けた。

六月も半ばを過ぎて、じきに夏を迎えようとするこの季節。朝だというのに、すでに外は蒸し暑い空気に支配されている。五階からエレベーターに乗り、ボタンを押すと、静かにカウントが始まる。自分のマンションなのに、エレベーターに乗る時はいまだに緊張してしまう。閉じ込められる感じが苦手ということもある。それに、何やら、どこか違う世界にでも連れて行かれるんじゃないか、そんな恐怖感があるんだと思う。

私は馬鹿げた妄想を振り払いつつ、エレベーターを降りて、エントランスの自動ドアをくぐった。一歩外に出て空を見上げると、今にも雨が降りそうな厚い雲がやって来ている。私はため息をついた。この季節は本当に嫌だ。あの逃げ場のない雲の波を見ているだけで押しつぶされるような気分になる。ただでさえ憂鬱《ゆううつ》な出勤の時間だというのに。しかし立ち止まってはいられない。私は、マンションの入り口から数歩歩き、右手に持った邪魔なゴミ袋を、自転車置き場の隣にあるゴミ集積所に放り投げた。溢《あふ》れかえるゴミの山、その上を飛び交うどす黒い蝿《はえ》たち……私は慌てて目を逸らした。

朝から気分の悪いものを見てしまった。込み上げてくる不快感を抑えつつ、足早に駅へと向かった。腕時計を見るとすでに八時を回っている。急がないと。

「おはようございます」

開庁時間である八時四十分まであと五分を切っていた。危うく遅刻するところだった。職場に到着する頃には少し汗をかいていた。地下鉄を降りてから少し走ったせいだ。

私の勤める中央区役所は、最寄りの地下鉄の駅から歩いて七、八分ほどの距離に位置している。庁舎内では、まだクーラーは使用していない。それは昨今盛んに叫ばれているエコ活動のせいで、ここでも節電をしているからだ。ぱたぱたと掌で顔を扇《あお》ぐ。暑い季節はどうも苦手だ。この肌がべたつく感じ……自然のことだってわかっているのに、どうしようもなく、不快に感じる。

「朝倉さん、遅かったね」

一つ上の先輩である真下《ました》さんが声をかけてくれた。

彼女はタイトなパンツスーツがよく似合う。薄いグレーのピンストライプ。その姿はまさに流麗とでも言うべきで、寝ぼけ眼に適当なメイクで来た私なんかとは比べものにならないいくらい美人だった。真下さんには女として完璧に負けていると自覚している。緩やかなパーマをかけた栗色の髪を揺らして、彼女は汗がにじむ私の顔を覗き込んだ。

「大丈夫？」

「あ、はい。ちょっと寝坊しちゃって。すいません」

私は愛想笑いを返してデスクにつきながら少しため息をついた。周囲に目を遣《や》ると、すでに慌ただしく同僚たちが動いている。窓口にはもう区民の姿が垣間見えていた。

私は公務員としてこの中央区役所に勤めている。寝ぼけているような気持ちがなんとなくまだ額《ひたい》の辺りを漂っている気がして、私は頭を振った。

「あ、朝倉さん、この書類なんだけど……」

するとと奥のデスクに座っていた係長からお呼びがかかる。気を引き締めなくちゃ。

私はハイッと返事をして、慌てて係長の下へ駆け寄った。

違和感を覚えたのは、朝の、ほんの少しの時間に過ぎなかった。ぼやけていた私の意識も、すぐに仕事をするためのものに切り替わっていった。


十八時を過ぎて、私は区役所を出た。

身を焦がすような緋色の太陽が、西方のビルの隙間に落ちようとしている。

平凡な、いつもどおりの一日。

昨日見た不思議な夢の感覚も、すぐそんな日常に溶け込んでしまった。

小さい頃、自分の人生はもっとドラマティックなものだと考えていた。世界中を飛び回りながら、情熱的で素敵な男性と恋に落ちる……きっとそれは少女ならば誰でも抱く幻想。だけど、自分はすでに少女じゃない。自分の身の丈に合った生き方くらい、わかっているつもりだ。

学生時代、必死に英語を勉強したりした。それは、実家が営む田舎の豆腐屋を継ぎたくないという単純な理由からだった。しかし、私は公務員として働くことを選んだ。親の庇護《ひご》から逃れたのに、結局求めたのは安定の道というところが、我ながら情けないところではある。

どの時点で私の運命は決まってしまったのだろう。

公務員になる時だろうか。それとも大学に入る時だろうか。いや、もっと遡《さかのぼ》って、私が生まれた時、すでにこうなると決まっていたのだろうか。

ただいま、と言って重たい玄関の扉を開けた。部屋の中は薄暗かった。私は滲《にじ》む汗をハンカチで丁寧に拭き取った。室内はエアコンが効いており、蒸し暑い外の空気とはまるで違って、生き返るようだ。

「おかえりなさい」

政博の静かな声がダイニングから響く。

「あー疲れたぁ」

ぼやきながら、私はすぐさま脱衣所に駆け込んで、汗ばんだブラウスを洗濯機に放り込んだ。そして、洗い立てのタオルで身体を拭き、部屋着に着替えたあと、ダイニングに顔を出して彼の姿を見た。シャツの前身頃が少し濡れている。料理を作ってくれていたのだ。

「シェフ、今日のディナーは？」

「若鶏の香草焼きだよ」

キッチンからはそんな彼の言葉に相応《ふさわ》しい、鼻孔《びこう》をくすぐる香りが漂ってくる。

「さすがぁ」

私は彼に目配《めくば》せした。だけど政博は、少し俯《うつむ》いたまま黙々と配膳を続けていた。別に機嫌が悪いのではない。飛び切り上機嫌だったとしても、彼は同じ態度をとるだろう。彼は、おおげさな感情表現を好まない。

彼は二人分の料理、それからワインとワイングラスを手早くダイニングテーブルに準備した。

「今日もお疲れさま」

準備が整いテーブルにつくと、彼は穏やかな調子で声をかけた。

「くー、やっぱり残業はしんどいねぇ」

そう言いながらワインを一口飲んだ。近々市長選があるせいで、市の職員で区役所勤めの私は、その選挙準備に駆り出されていた。いろいろと他愛のない愚痴《ぐち》を言いながら、私は鶏肉を頬張った。彼の作る上品な料理は、私のざわめきたった心を穏やかにする効果がある。

「そうだね。でももう少しの辛抱だよ」

「ありがと。がんばる。ねぇこれ、おいしいね。また作ってよ」

「いいよ。これくらいどうってことないから」

彼は少しばかりの笑みを浮かべて、また黙々とフォークを動かした。

少し眉毛にかかる艶《つや》っぽい黒髪。通った鼻筋。薄い唇。卵形の、つるりとした輪郭。顔だけ見ていると、とても中性的。だけど、それと相反するような、男っぽく厳《いか》つい肩と背中のライン。

私はワインをそっと口に含んで、そんな彼の顔を見つめた。自分の恋人ながら不思議だ。まるで絵画とか漫画の世界に描かれる理想的な男の子が、そのまま現実の世界に現れたようにさえ思える。

彼の淡々とした様子に、共同生活における満足と同時に、不協和音をもたらすかもしれないほんの一握りの不安を感じる自分がいる。

「……明日は仕事よね？」

「ああ。明日は遅くなりそうだから、食事は適当にすませてくるよ」

彼は、なんでもない調子で言った。

政博は、私なんかよりずっと働いている。朝出かけて、帰るのは日付を跨《また》ぐことさえある。大学を卒業してからずっと、彼は仕事の虫だった。私と一緒に暮らし始めてからも、彼のそんな勤勉さが変わることはなかった。

「ねぇ……」私は何か切り出そうとした。特に考えがあったわけじゃない。ただなんとなく、声が出た。

「なに、葉子？」

無邪気な顔で返事をする彼に、私は、身体を壊すといけないから仕事もほどほどにしてね、なんてありきたりなことを言った。その先にある本音は飲み込んでしまった。

「ああ、うん。そうだね。気をつけるよ」

彼は少し笑みを浮かべて言った。

「夕飯おいしかったよ。片づけは私がやるから」

ガチャガチャと音を立てて食器を洗いながら、考えていた。政博はある有名な製薬会社の研究・開発部門で働いており、もっぱら細胞と遺伝子に関する研究をしているらしい。文系の私には、純粋な理系である彼が携わっている高度な研究はサッパリわからないが、とにかく凄《すご》い研究らしいことは、彼が言葉少なに語る専門用語から推測された。

多くの場合、定時に上がれる公務員の仕事と違って、彼の勤務はかなり不規則だ。朝は比較的ゆっくりで、その代わり夜が遅い。休日を返上して働くこともざらにある。さらに、彼自身が自分の研究に大きな情熱を持っている、ということが不規則さに拍車をかけている。本当はもっと二人でいたい。でも下手な言い方をして、プライドを傷つけてしまってもいけない。だから、いつもなかなか言い出せないのだ。ふう、と私は少しため息をついた。

――その時、目の前を、一瞬黒いモノが横切った。

なんだろう？　両手がピタリと止まる。何か不穏な空気が辺りを包んでいる。私はすぐその黒い物体の正体を探った。キッチンの、艶のある白いタイルにある一点の黒い染み。

それは大きな蝿だった。

私は叫び声をあげそうになるのをどうにか堪《こら》えた。まだ真新しいタイルの上に居座るその蝿は、普通の蝿よりずっと大きく見えた。どこからこんな大きな蝿が侵入してきたのか。その小指の先ほどの蝿のせいで、私はひどくうろたえていた。しかし、そうこうするうちに、たまたま開け放たれていたキッチンの窓から、蝿は外へと逃げていった。

安堵《あんど》してため息をつく。それから、キッチンをあちこち眺めた。

自分の家にあんな大きな蝿がいたなんて、嫌だな。まったく、いったいどこから迷い込んだんだろう。湧いて出たのか……まさかね。

私は自身の考えを否定した。普段から、自分も政博も清潔には気を配っている。あんな気味の悪い虫は、腐敗したところに寄ってくるものだ。

この部屋にそんな予兆なんてない。

「……どうしたの?」

その声にハッとして我に返ると、心配そうな顔で、政博がキッチンを覗き込んでいる。

「あ、うん、なんでもない」

頭を振って、私は苦笑いをした。

夜半過ぎ、ベッドの中で、仰向けのまま彼の背中に手を伸ばしていた。シーツの冷たい感触。それとは正反対に、熱気を放つ彼の身体。静寂が降りた部屋。小さな宇宙の片隅。そこに響くのは私たちの歌だけだ。ガラスの向こうに、赤っぽく光る月が見える。湿気のせいなのか、いつにもまして不気味な夜。だけど、こうして彼のしなやかな両腕に包まれていると、そんな不安もすぐに消え去っていく。

天井を見つめながら、私は彼の黒く艶めく髪を撫《な》でて、呟《つぶや》いた。

「ねぇ」

彼は何も言わなかった。ただ私のむき出しの肩に荒い息を吐いていた。

ふわりと、カーテンが踊るように揺れる。

「私たちってずっとこのままかな」

少し間をおいて彼は言った。

「ああ、そうだよ」

私の上に覆いかぶさっている彼の唇が動くのを見た。きっとそう言うと思った。彼は雄雄《おお》しいことは言わない。静かで穏やかな、夜の海の波のように、私に打ち寄せては、引いていく。

「じゃあこの世界も？」

「……世界って何さ？」

「今私たちが生きてる世界」

彼は少し笑った。

「世界なんて、いつだって変わっていくもんじゃないか？　例えば三ヶ月後、いや明日のことだって、僕らには予測がつかないんだから」

「じゃあ滅びるかもしれない？」

私は、少しおどけて言った。

「そりゃあ、そういうこともあるかもしれないけど。でもそんなこと心配したって仕方ないじゃないか」

「ふふ、そうよね」

私は強く、彼の背中に回した腕に力を入れ、彼を求めた。

さわさわと、カーテンが揺れる。窓の向こうには、赤黒い月が浮かんでいる。

二

翌朝。ほんの小さなオレンジの光が私の行き先を指し示している。エレベーターの中で時計を確認する。今日も少し寝坊してしまった。急がなくてはと思っている間に、エレベーターが一階のエントランスに到着した。

市の中心部からほど近く、閑静な住宅街の真ん中に建てられた十階建てのマンション。周りには大きな道路もなく、商業施設や工場もない。地下鉄の最寄り駅までは徒歩十分だし、暮らすのには最適の場所だった。

外へ飛び出すと、小雨が降っていた。

私は雨が嫌いだ。私の気持ちなんて一切無視して、降り注いでくる。少しでも雨に濡れたくないと思い、右手に携《たずさ》えていた真紅の傘を素早くさした。アスファルトにはすでに水溜りができている。その小さな淀《よど》みに、止むことなく雨が落ち、波紋を作っては吸い込まれていく。今日はこのままずっと雨なのだろうか。私の胸は、鼠色《ねずみいろ》の絵の具で塗り潰されてしまったように重苦しかった。

早く駅へと向かおう。私は傘をぎゅっと握り締め、アスファルトの水はねを気にしながら、駐輪場の隣のゴミ集積所を横切っていった。

「ん……？」

その時、何かが鼻を刺激した。気のせいかと思い、立ち去ろうとする。いっそのこと、そのまま無視して走り去ってしまえばよかったのに、雨が私の足取りを重くしたのだろうか。髪の後ろのほうから漂ってくるのは、卵が腐敗したような異臭だ。私は恐る恐る後ろを振り返った。

黒っぽいひどく薄汚いジャンパーを着た初老の男が、ビールの空き缶と思われるゴミでいっぱいになった袋を両手に二つ抱え、よろよろとゴミ集積所に現れた。背を丸め、肌は黒ずみ、髪がべったりと張りついている。そして、そんな男のあとを追うようにして、少し離れた場所にいる私のところにまで異臭が届いた。

私は思わず口に手を当てた。胃が引っくり返りそうだ。うちのマンションにあんな汚らしい男が住んでいるのか。いや、そんなはずがない。きっと近所の性質《たち》の悪い住民が、うちのゴミ集積所を勝手に利用しているんだ。

胸をいっぱいにする不快感。私は頭をぶるぶると振って駅までの道を急いだ。

「朝倉さん、どうした？」

「へ？」

隣のデスクに座る真下さんに話しかけられて、私はハッとした。

「今日も寝不足なの？」

ゆるやかなウェーブのかかった栗色の髪が揺れる。真っ赤なカーディガンが、鮮烈な印象を与える。今日も真下さんは女性らしい麗《うるわ》しさを振りまいていた。

「あーそうなんですよぉ」

私は少し首を傾けて、苦笑いを浮かべた。彼女は美人だが、それを鼻にかけることもなく、いつでも明るくサバサバとしていた。私とは何をとっても正反対の人間だ。

「なんだぁ、シャキッとしよー？」

周囲に響くような溌剌《はつらつ》とした声。

「すいません」と私は会釈《えしゃく》し、仕事に戻ろうとすると、今度は突然こちらに顔を近づけ、「ねね、そういやさー、ダンナさん元気？」と、単なる彼女の好奇心を満たすためでしかない言葉を、さも訳知り顔で私に囁《ささや》く。

「え？　……あー、はい、まぁ……元気ですけど。ていうかダンナじゃないですよ」

ダンナ、という言葉に私はちょっと戸惑いつつ、机の上に積み重なった書類を丁寧に分類しながら適当に返事をした。

「ありゃ、そうだっけ。ま、早く嬉しい報告、聞かせてよね」

「あはは、そうですね」

とりあえずこの場は合わせておくが、この会話はあまりいい気がしないのが本音だ。

「来週の金曜の飲み会来るでしょ？」

「あ、はい。一応その予定です」

「あははー、じゃあその時にタップリ聞かせてもらうわ」

ひらひらと真下さんは手を振って、区民応対のための窓口へ向かった。


私と政博の関係は変わっていると思う。

共同生活を始めて七年が経つ。気がつけば、お互いに一緒の生活を営むことを選んでいた。

世間の常識に鑑《かんが》みれば、同棲しているのだし、二人とも二十九歳という年齢で、結婚するのに早すぎることも遅すぎることもないだろう。正直、周りの友達の話を聞いたり、雑誌を読んだりしていると、私ももうすぐ三十代になることだし、脳裏に結婚という二文字が浮かんでくることがたしかにある。だけど、まだ踏み出していない。

彼がもし「結婚しよう」と言えば、私は首を縦に振るに違いない。だけど、恐らく彼はその言葉を言わない。私はそう感じている。彼には両親がおらず、大学に入学するまでは親戚の下で暮らしていた。しかし大学入学後は、その親戚とも疎遠になってしまったようだ。そんな経緯から、彼が世間一般に言うところの結婚という概念に興味を持たないとしても無理のないことだろうと私は考えている。

彼と知り合ったきっかけは、当時所属していたサークルの先輩のつてという、ごくありふれたものだった。出会った当初からお互いに惹《ひ》かれ合い、すぐに彼とつき合うようになった。彼は昔から不思議な人だった。言葉数が少なく、穏やかで優しい。けれど、どこか霧のように摑みどころがなかった。でも、そんな彼と過ごす時間は、神経質で敏感な私の心を埋めてくれた。

その頃の彼は、家族について聞かれてもいっさい話さず、まるで生まれた時から天涯孤独であるかのように暮らしていた。大学の友達や先輩や周囲の人たちとも、それなりに愛想よくする反面、どこかで一線を引いていて、何より、自分の世界に没頭することを好んでいた。

彼の部屋に初めて行った時のことを、私は今でもよく覚えている。そこは秘密の研究所だった。ずらりと並んだ見たことのない分厚い背表紙の本、珍しい植物や美しいモスを生やしたテラリウムの水槽、大型のパソコンと何重にも絡まったコード、多種多様な実験をするためのシャーレ、フラスコ、飼育ケージ……とにかく私には想像も及ばない、さまざまなものが所狭しと置かれていた。

部屋は、彼の好きな分野の研究が心置きなくできるように工夫されていた。そんな彼がどうして私をその領域に入れてくれたのか、どうして私のことを好きになってくれたのか、不思議だった。

大学卒業を機に、お互い一人暮らしのアパートを引き払い、このマンションで共同生活を始め、今に至る。

実際、彼はどう思っているのだろうか？　私との生活に満足感を得てくれているのだろうか。彼は自分からそれを言葉にしない。はっきりと言葉にして欲しいな、と思うこともある。でも、彼は昔から、人に対し踏み込みすぎるのを嫌う。それは最愛の恋人に対してもそうだ。だから、私も彼の流儀に従っている。なんとなく、その微妙な距離感を見失うと、彼はどこか途方もなく遠いところに行ってしまうような、そんな恐怖があった。

それでも、彼は、私の期待や希望、そして不安や焦りを一番わかってくれる人だ。共感してくれる人だ。たとえ言葉にはしなくとも、受け止めてくれる。そんな安心感が私の中にはあった。私が溺れていたら、きっと向こう岸から手を差し伸べてくれるだろう。私は、彼が今の自分に寄り添ってくれる人だと信じている。だから、お互いに、今のままの生活――それがずっと、永遠に続くと、どこかで思っていた。

夜になっても雨は止まない。残っていた仕事を片づけ、庁舎の自動ドアをくぐる。

外は依然蒸し暑いままだ。ブラウスの袖をまくっても、じんわりと汗が滲んでくる。どこまでも皮膚にまとわりつくような湿気に、苛立《いらだ》ちを覚えていた。本当に嫌な季節だ。

「ただいま」

がらんどうの部屋から、返ってくる声はない。私はすぐにエアコンのリモコンに手を伸ばして電源を入れると、何気なく壁の掛け時計を見た。白い盤面の上を這《は》う黒い時針が十九時を指していた。

彼はまだ帰宅していない。私は一種の諦めのようなものを感じていた。ここのところ、彼の帰宅時間は遅くなる一方だった。やれやれ……少し寂しい気もするが、仕方ない。彼は今の仕事を気に入っている。それを邪魔することはできない。私はため息をついてバッグを放り投げると、ソファに身体を任せた。涼しい風が私の身を包み込んだ。

何か食べようか。スッと立ち上がり、キッチンに行こうとして、私は違和感を覚えた。

――どこからか漂ってくる臭い。

異臭だ。何かがどろどろに腐ったような、そんな腐敗臭がする。そしてその臭いは、たしかにキッチンから漂ってくる。ふいに今朝の出来事が蘇《よみがえ》ってきて、私は頭をぶるぶると振った。幻想を振り払うように、キッチンに駆け込んだ。

ダイニングの電灯が辺りを照らす。一瞬、換気扇をつけっぱなしにして出かけてしまったのかと思った。しかしそれは、日常の些細な音などではなかった。悪臭漂う中、目の前を無数に飛び交う何かが出す不快な音だった。

蝿だ。

妖しい光沢を放つ黒く醜い体は、まさしくあの厭《いや》らしい蝿に他ならない。私は愕然《がくぜん》とした。蝿は不気味な羽音をいくつも立てて、うじゃうじゃとキッチンを縦横無尽に飛び回っている。あるものは目の前を高速で横切り、あるものは汚れのない白いタイルを厭らしく這い回っている。いったいどこから……私は烈《はげ》しい焦燥感に駆られたまま、シンクの流し台を注視した。黒山の蝿たちは、本来の宿主を食い尽くすほど増殖した寄生虫のように、流し台の底にある食べかけのリンゴにたかっていた。

黒い塊となって蠢《うごめ》く蝿と、顔を背けたくなる腐敗臭……。昨日とはまるで変わってしまったキッチンの中で、私は我を失い、呆然と立ち尽くした。しかし、一匹の蝿が頬に止まった時、私は我に返った。

同時に発狂しそうになった。声にならない声をあげ、急いでベランダに向かい、観葉植物用の殺虫剤を手にしたまま慌ててキッチンに戻ると、左手で口を覆いながら、すべての元凶であるリンゴめがけて思い切り殺虫剤を噴きかけた。うようよと蠢くその黒い虫たちは、慌ててリンゴから飛び立つ。だが、執拗《しつよう》な殺虫剤の攻撃により、それらはすべて床へと落ちて死んでいった。私はそれでもなお神経質に、キッチンに残る不穏な影を追って薬を何度も何度も噴霧した。

どれくらいたったのだろう。ようやく冷静さを取り戻せた。

小さな侵略者たちが全滅したのを確認すると、私は頭を抱えた。

なんてこと！　まさかこんな気持ち悪い蝿が湧くなんて、思いもよらなかった。

激しいめまいに襲われて、私は倒れそうだった。しかし、胸を埋め尽くすような不快感、嫌悪感、それに、何か無性に腹立たしさが込み上げてきて、結局いてもたってもいられなくなった。私は意を決して、シンクの中に放置され、無残に変色したリンゴを、皿ごとゴミ袋に放り込んだ。それから、綺麗に磨かれたキッチンのフローリングに残る黒い死骸を、丁寧に一つひとつティッシュで摑んでいった。さらに、棚や壁のタイルを雑巾で念入りに磨き、キッチンに置いてあった食器のすべてを丁寧に洗った。そうでもしなければ到底気がすまなかった。

一連の作業を終え、私は大きなため息をついた。いまだ残る殺虫剤の臭い。私は異様な疲労を感じ、ふらふらとリビングへ行くと、そのままソファに倒れ込んだ。

「……葉子？」

ぼんやりと、誰かの声が聞こえる。

「葉子、こんなところで寝てちゃダメだよ」

政博だ。

心配そうにこちらの顔を覗き込んでいる。

「ん、ああ、うん……」

私は、ゴソゴソとソファから起き上がった。壁の時計を見ると、いつの間にか二十二時半を過ぎている。私はひどく重たい身体をどうにか持ち上げた。帰ってから、着替えさえすませていなかった。

「……今帰ったの？」

私は頭を抱え、言った。

「ああ、ついさっきね。それよりも葉子、いったいどうしたの？　どこか悪いの？」

頭に手をやると、額にはじっとりと汗をかいて、仕事着のブラウスも湿っていた。

「ううん。違うの。なんでもないの」

私は、なぜか取り繕《つくろ》うような言葉を選んでいた。

「……疲れてるんじゃないか？　シャワー浴びてきなよ」

そう言って彼はライトグリーンのバスタオルをそっと渡してくれた。

「……ごめん。ありがとう、そうするよ」

私はいつもどおりの彼の態度に、少しホッとしていた。

「無理したらだめだよ」

政博は、切れ長の瞳を細めて緩やかに笑ってみせた。

優しい彼の言葉。

しかし、そんな彼の言葉とは裏腹に、私の唇が、思わぬ台詞《せりふ》を放った。

「今朝リンゴ食べなかった?」

「リンゴ? ……さぁ、ちょっと覚えてないな」

「そう」

短い言葉を交わすだけで終わった。

乱暴に服を脱ぎながら、私はひどい罪悪感に襲われていた。

——彼のせいじゃないのに。

温かいシャワーを全身に浴びながら、虚《うつ》ろな頭で考えを巡らせる。あの時は混乱してわからなかったけど、きっとキッチンの窓でも開いていたのだろう。あいつらは外からやって来たんだ。それで、たまたまあんなことに……。そうだ、今日のことは偶然起こったことなんだ。温かいシャワーの湯が、悪夢のようにまとわりついた感覚を、爽やかに洗い流していった。

翌日になって雨は止んだ。

だが相変わらず空模様は鈍色《にびいろ》で、外は蒸し暑い。

「ええ、ですので、この用紙のこの欄に記入してください」

金曜日ということもあって、区役所の窓口はいつになく混み合っている。息つく暇もなく、次から次へとやって来る区民の要望を聞き、事務処理をこなし、新しい来訪者の対応をする……それの繰り返しだ。

夏が近づき、外気温はみるみる上昇していく。中央区役所ではようやく冷房運転を開始した。こういう時、つくづくクーラーの効いた室内での仕事に就けてよかったと思う。蒸し風呂のような中で一日中汗にまみれながら外で働くなど、自分には到底考えられない。たとえ一日中パソコンの画面に向かっていようと、理不尽なクレームの対応に追われようと、外での作業に比べたら何十倍もマシだ。そういう意味で、役所内での業務は私の性に合っていると思う。

決裁が必要ないくつかの書類をまとめて、課長の下へと向かおうとした。ところが、一瞬手元が狂い、バラバラと書類が下へ落ちてしまった。私は思わず眉をしかめた。自分でも、神経が過敏になっているのがわかる。落ち着いて、冷静に行動しなければいけない。

「大丈夫？　朝倉さん」

膝《ひざ》をついて屈んだところへ、真下さんが声をかけてきた。
「真下さん」
「あら、目の下のクマすごいわよ」
「最近暑くて寝つきが悪いんですよ」
私はなんでもないようににこやかな顔で返答し、素早く書類を拾い始めた。彼女は
「ああ、わかるわぁ」と言いながら、書類を拾うのを手伝ってくれた。私は真下さん
に丁寧にお礼を言った。真下さんは気をよくしたのか、にこにこしながら席に戻って
いった。
私は立ち上がってスーツの埃《ほこり》を払った。週末の疲労、人の多さ、それから天気、温
度、湿度……これらと、フラストレーションの上昇は密接に関係しているらしい。私
は気を引き締めて課長のデスクに向かう。
「すまないね、朝倉さん」課長はいつものとり澄ました表情で書類を受け取った。
「失礼します」軽く会釈をして立ち去った。
十二時を少し過ぎて、私は窓口業務を同僚と交代した。休憩をかねて自分のデスク
に戻る。
気分を変えて、持ってきた弁当を広げようとする。ふと、右隣の机が目についた。

同僚で同期でもある澤木《さわき》のデスクだ。さまざまな書類が散乱している中に、食べ終えたコンビニ弁当の黒い容器と割り箸がそのまま放置してある。

私は思わず舌打ちした。まさしく惨状としか言いようがない。無視をして自分の昼食に取りかかればいいのに、どうしても隣の机が視界に入ってしまう。澤木の放逸《ほういつ》な生活態度からくるデスクの汚さ、そしてその中にある黒い容器は、あの無数の黒い蝿がたかっていたキッチンを連想させた。私は込み上げるような不快感に我慢できず、澤木のデスクの上に無造作に置かれた容器を掴み取り、急いで給湯室まで行き、流し台でザブザブと洗った。そして、自分の部署に戻ってくるや否や、「プラスティック製容器包装」のゴミ箱に容器を、「燃えるゴミ」のゴミ箱に割り箸を投げ入れた。

私はハンドソープで入念に手を洗いなおし、デスクに戻った。澤木の机の散らかりようは今に始まったことじゃないが、それでも今日のような状況は我慢ならなかった。ともかく、これでようやく一息つけそうだ。私はようやく弁当を食べることができた。

自分が普通より綺麗好きなことは自覚している。机には余計な書類、書籍、文房具などいっさい置いていない。必ずそれぞれ所定の場所に整頓している。書類ならプラスティック製のトレイへ、文房具なら引き出しの一番上へ、書籍ならブックスタンドへ……と完璧に整理している。癖といえばそうだが、それらがきちんとあるべき場所にないと気になってしまう。日に二、三度は自分の机周りを整頓するように心がけている。そのため、隣接している澤木の机の乱雑ぶりが嫌でも目につく。特に、食べ散らかしたゴミなど不潔なものが置いてある時などは、私を苛立たせた。自分の感覚からすれば到底理解できないことだ。

そうこうしているうちに、フロアの自動ドアが開き、額の汗をハンカチで拭《ぬぐ》いながら、息を切らせた大柄な男が入ってくるのが見えた。澤木だ。家畜のような巨体を左右に揺らしながら席に近づいてくる。そしてそのまま、ドシンッ！　と隣の椅子に大きな音を立てて腰かけた。

「やあ、お疲れさん」

私がその勢いに呆気にとられているのをよそに、右手をちょっと挙げて挨拶してくる。

澤木は、よく言えば鷹揚《おうよう》というか、おおらかというか、そういった表現になるのだろうが、悪く言えば無神経というか、いい加減というか……私にとって許せない時がある。特に今日のような日には。

「あれ？　さっきの昼飯のゴミがなくなってるなぁ。あはは、いつの間に片づけたんだか」

今だってこんな調子である。

私は軽く咳払いをして、弁当を包んでバッグに戻し、席を立った。

「あれ？　朝倉さん、まだ途中じゃないの？」

「うん、ちょっとね」

私は俯き加減に答えた。

澤木は決して悪い男というワケではない。ずぼらなところはあるが、基本的に穏やかだし、仕事もそれなりにこなしている。私は彼に対して、同僚として好意的な態度をとるように心がけていた。ここは同僚をも蹴落とさんばかりに業績を上げようとする民間企業ではなく、公務員の職場。同僚とは和気あいあいと仕事をすることが求められる。たしかに私は綺麗好きだが、それを他人にまで押しつけようとは思っていなかった。そういう類《たぐい》の人間は、たいがい他人から疎《うと》まれてしまうものだから。

だが、今日のように特に神経が逆立っている日には、澤木のような人間の行動がいちいち気になってしまうのもたしかだった。

「いらないいなら僕が食べてあげようか。あはははは……」

私は何も答えずに洗面所に向かった。悪いけど、今は彼の相手をする気分になど到底なれない。

私は鏡の前に立ち、そこに映る瘦《や》せた女の顔をジッと眺めた。

すべては、あんなおぞましい出来事があったせいだ。私はきゅっと口を結んだ。

三

翌日。リズムを刻む雨音が私の目覚ましだった。小鳥のさえずりは聞こえない。時刻は十一時。政博は休日出勤のため、すでに出かけてしまっていた。いくら休みだとはいえ、こんな時間まで寝ているのはだらしがない。私は憂鬱な気持ちでベッドから起き上がり、カーテンを開けた。灰色の鈍い日差しを浴びながら鏡の前で自分の顔を眺めると、真下さんの言うとおり、眼の下が少し黒ずんでいる。やはり、疲れているのだろうか。

私は急いでパジャマからジーンズとTシャツに着替えた。ジーンズの裾をたくしあげ、雑巾と洗剤を両手に持つ。準備は万端《ばんたん》。今日こそ徹底的にやっつけてやる。まずはキッチンのシンクに排水溝、それからトイレの床と便器、浴槽、フローリングの床の隅から隅まで、きっちり磨きあげる。それこそ、塵《ちり》ひとつ残らないように。きっと気づかないところに残飯や汚れが残っているから、あんなおぞましいものが湧くのだ。一昨日の晩の事件は食べかけのリンゴのせいじゃなくて、私の怠慢《たいまん》のせいなんだ。

ここは政博と一緒に暮らすことを決めてから住み始めた、私たちだけの城なのだ。まだ新しいリビングも、キッチンも、何もかも自分たちの空間であり、領域だ。完璧でなければならない。異物が紛れ込む隙《すき》などあってはならない。……私は何かに取り憑《つ》かれたように部屋の隅々を見て回った。


外の雨は止んだらしい。

「お帰りなさい」

玄関が開く音がしたのを聞いて、私はリビングから声をかけた。そういえば、今日は一度も外に出なかった。時計を見ると、すでに十八時半だった。掃除に疲れた私はヘトヘトで、ようやく簡単な料理をこしらえたところだった。

「ただいま。何してたの？　掃除？」

私が何か言う前から、彼は私の今日の行動を言い当てた。

彼はダイニングテーブルに座ると、黙々と料理を口に運んだ。今日のメニューはほうれん草の和《あ》え物と、豚肉のしょうが焼き。実のところ、料理ならば彼のほうが得意だ。私はなんでも最低限の努力ですまそうと考えてしまうが、彼は逆。なるべく丁寧に、時間をかけ、趣向を凝《こ》らした料理を作る。丁寧で繊細で凝り性という彼の性格が、料理にも表れていた。

「う、うん。最近忙しかったし、気になってたから」

私はごまかすように、忙しく箸を動かした。

「そう。いいんだ、君の休日なんだから何をしていても。けど……あまり棘々《とげとげ》するのはよくないよ」

お見通しだったようで、私は言うべき言葉がなかった。

彼は言葉少なに食事をすませると、寝室に向かった。寝室には、ベッドとクローゼット、それからパソコンなどの機械類と、壁一面に並べられた本棚がある。本棚には、彼の所蔵する専門書がずらっと並べられている。彼はちょっと調べたいことがあると言って、そのまま生化学の本に没頭していた。私はなんとなくバツが悪くて声をかけられず、テレビの前のソファで一人膝を抱えていた。

たしかに、ここのところ棘々していたかもしれない。彼の言うとおりだ。神経質に細かいことを気にしすぎるのは、私の悪い癖なんだ。キッチンの凍りついた湖みたいにピカピカのフローリングを眺めて、私は静かにため息をついた。

カーテンの隙間から、うっすらと月明かりが差し込んでいる。

物音がしたのか、それとも何か悪い予兆がしたのか、私は目を覚ました。

リビングのほうから声が聞こえる。同時に傍《かたわ》らを見る。ベッドには一人分のスペースができている。一緒に寝たはずなのに、起きてる？

　意識が混濁《こんだく》したまま、ふらりと仄暗《ほのぐら》いリビングに足を踏み入れた。声だと思っていたのは、テレビから流れている音らしかった。その前には、あぐらをかいている彼がいた。

「政博？」

　そっと呟く。室内は灯りもついておらず、ただテレビの青白い液晶画面だけが、この暗闇で存在を主張していた。

　テレビの画面には、一面廃墟と化した荒涼《こうりょう》としたビル群が映し出され、そこを小さな蟻《あり》のようにひたすら歩く中年の男女の姿が字幕とともに映されている。何かの映画だろうか？

「……マサ」

　私はもう一度声をかけてみた。

「ごめん、起こした？」

　テレビを見たまま、そっけない返事が返ってきた。私はやり場もなく、ただ彼の丸まった背中を眺めた。

　画面から外国の言葉が聞こえてくる。カメラが二人の登場人物をフォーカスする。

「何を見ているの？」

私はためらいながら尋ねた。その時の彼には、何か近寄りがたいものがあった。

「……映画だよ」

政博は今度もこちらを見なかった。時計の針が、午前二時を指している。

「映画……？」

なぜこんな時間に一人で映画を見ているのか聞こうとして、飲み込んだ。青白い光に包まれた彼は、私でも容易に踏み込めない雰囲気を漂わせている。

画面の中で、主人公らしき男性と女性が向かい合い、何か言い争っている。亜麻色《あまいろ》の長い髪を棚引かせた女は真に迫る表情で男に食いついているのだが、白髪交じりの相手の男はあくまで淡々とし、女の感情をいなしている。

私はおずおずとしながらも、ソファの横を通って政博の隣に座った。

「いったい、なんの映画……？」

政博は前を向いたまま、ポツポツと話し出した。私に向かって話しているというより、独り言に近かった。

「……映画の舞台は冷戦中。西側諸国に含まれる小国に住む、ある夫婦が主人公の物語なんだけど」

彼の口からするすると、これまで聞いたことがないくらい饒舌《じょうぜつ》に、映画の粗筋《あらすじ》が語られていく。

「……夫婦は、結婚してから十数年連れ添い、それなりに幸せな生活を送っていた。でも、妻のサラは夫に不満を持っていた。親切だけど、口数が少なく、いつも本音を見せない夫ジョセフ。サラは彼の態度を、心の底では自分を避けているように感じていた。彼女は我慢していたんだけど、ついにそれに嫌気が差したんだ。しかし、そんな時だった。世界に危機が迫った。国同士の軍事的なにらみ合いによる緊張が頂点に達し、隣国の共産国がサラたちの国の民間機を撃墜、サラたちの国は報復のための軍事侵攻を開始した。戦火はあっという間に広がり、憎しみが憎しみを呼び、彼らが慣れ親しんだ風景は瞬く間に廃墟に変わってしまった。二人は祖国を捨て、あてもない旅に出ることになった」

ちょうど画面には、戦火に巻き込まれ、跡形もないほどに吹き飛ばされた家々、宿主を失い無惨《むざん》な枯れ木のように立ち尽くすマンション、舞い散る灰、そして折り重なったまま事切れた人々が映し出されている。

「……しかし、どこへ逃れても状況は変わらなかった。一度戦争の火蓋《ひぶた》が切られてしまえば、もう誰にも止めることはできなかったんだ。あちこちを転々とする間に身も心もぼろぼろになったサラは、いよいよ自分たちの命が危ないという時になって、最後の気持ちを夫にぶつけた。あなたは本当に私を愛していたのか。もう死ぬことは怖くはない。だけど、最後にそれだけ教えて欲しい、と」

政博は滔々《とうとう》と話し続けた。私は気圧《けお》されながらも、彼の話に耳を傾けた。

「彼には、隠していたことがあった。数十年前、妻サラの下に現れた時からずっとね。それは、彼が普通の人間ではないという事実だった」

私はただ彼が話すに任せるしかなかった。

「信じがたいことだが、彼は不死の身だった。数十年前の大戦も、百年前の厄災も、同じ姿のまま、彼は経験した。そんな彼にとって『死』とは、まるで風景のようにいくつもいくつも目の前で刻まれたものだった」

「そんな……」

私は思わず声を出した。

「……ジョセフの告白によって、サラは、今までの彼との生活、知っていたはずの夫の姿が、すべて偽りだったと知った。もうそこまで迫り来る空爆の雨の中、サラは何よりも夫の言葉に一番衝撃を受け立ち尽くした」

青黒い闇に包まれた真夜中。不気味に浮かび上がるスクリーン。時計の針の音すら、どこかへ遠のいてしまったのか。静寂を裂くように、スクリーンでは夫役の俳優が長台詞を発していた。

『自分は、君に出会うずっとずっと前から、この目で、この世界を見てきた。いつの頃からなのか自分でも定かでないほど昔からだ。どんなに世界が発展しても、傲慢《ごうまん》な人々は過去を忘れ同じ過ちを繰り返す。罪を犯した者は地獄へ逝《い》くと神は言うが……人間同士が、自らの欲望のためだけに幾度も殺しあうこの世界。この世界こそ、地獄じゃないか。欲望と破壊に塗《まみ》れた、地獄そのものに違いない。……今まで君に黙っていて悪かった。これまで君のことを騙《だま》していて、本当にすまなかった。だが、これが真実なんだ』

火を纏《まと》った風が二人の間を吹きすさぶ。男は少しの沈黙のあと、さらに続けた。

『サラ。君には感謝している。これまで数えきれないほどの死に曝《さら》され、死ぬことさえ許されずにここまできた。君との平穏な日々は……僕にとってどんなものにも代え難《がた》い日常だった。その時間は愛そのものだった。愛の時間だけが、唯一死を乗り越えることができる。不死の身だからこそ僕にはそれがわかった。君のおかげで僕は愛を知ることができたんだ。こんなにも長い時間この世界にいるのに、初めてだった。こんな地獄の中にあって、愛こそがもっとも尊いものだ。本当にありがとう。……さぁ、僕のことなど忘れて、どこへでも行くんだ。君はもう自由なんだ。好きにしていい』

私は、画面に見入る政博の横顔をただ見つめていた。こんなに近くにいるのに、彼の存在がどこか遠いところにあるように思えた。なんとなく、テレビの画面で鬼気迫る表情をする男優と彼の横顔とが重なって見えた。

映画の中では空襲による暴風が吹き荒れている。そして女優は、髪を乱しながら全身の細胞を奮《ふる》い立たせるように言葉を放った。

『何よ……今さら何よ！　あなたが不死の身だろうがなんだろうが関係ないわ。……あなた、初めて愛って言ってくれたね。あなたの気持ち、良くわかった。あのね、私たちはずっと夫婦よ。それに、どうせ行くところなんてどこにもないんだから。逃げるのよ一緒に。死が二人を分かつまで……』

そのセリフのあと、瓦礫《がれき》の山を歩く二人の男女をバックにして、クラシカルにアレンジされた音楽にのせてエンドロールが淡々と流れていた。

「好きなんだ、この映画」

唐突に、政博がこちらに目を向けた。液晶の光に照らされた瞳を見つめた途端……まるで心臓をぎゅっと握られたように、私は微動だにできなくなってしまった。

「そうだったの」

やっとのことでそう言うと、戸惑いのあまり、彼から目を背けてしまった。

「……ごめん、起こしちゃって。さ、寝よう」

そう言った彼の声は、いつもの穏やかなものだった。

私は、魂を抜かれたようにぼんやりと、しばらくテレビの青い画面を眺めていた。

四

日曜日。

私たちは市の中心部にほど近い、市立美術館に出かけた。

今月から始まった「ゴヤ展」を見るためだった。

これはどちらからともなく言い出したことだった。休日の私たちは、若者で賑々《にぎにぎ》しいカフェや、流行のファッションを追いかけショッピングに行くことよりも、公園で無為に時間を過ごしたり、自然を眺めたり、今日のように美術館に行ったりするほうが好きだった。

もし彼が若者らしく、車を飛ばしたり、カラオケボックスに籠《こ》もったりという何か忙《せわ》しない余暇《よか》を過ごしたいというのなら、私もそれに合わせただろうけど、彼はそういう人ではなかった。穏やかな時間の流れを楽しむ人だった。

私たちは電車を降りると、ゆっくりとした足取りで美術館に向かった。彼の少し伸びてきた黒髪が風に揺れる。麻のシャツにチノパンを合わせたいつもどおりの清潔でシンプルな装いだった。

幸い今日は雨が降っていない。相変わらず、空には軍艦のような冴えない色の雲が垂れ込めているけれど、今日は日曜日で仕事ではないからそれも気にならない。何より隣に政博がいる。

青々と茂る街路樹の下、思い思いに戯《たわむ》れる人たちの合間を抜け、私たちは美術館に入った。

騒がしい外界とはうって変わり、静謐《せいひつ》さを湛えた奥行きのある館内。

休日だが人の姿はそれほど多くない。

彼は、壁一面に並べられたフランシスコ・デ・ゴヤの作品を眺めていた。

近代絵画の創始者であり、宮廷画家として名を馳《は》せたゴヤ。ゴヤは、極めて写実的な作風でありながら、その独特な幻想の世界を、異様なほどのリアリティをもって表現することに成功している。

画面に表現されたえもいわれぬ色彩、デッサン力、そしてメッセージ。すべてを全身に受けるように、政博は絵画に没頭していた。

私はその隣で、彼の顔とゴヤの絵を見比べていた。

彼は不思議な人だ。同年代のどの人にも似ていない気がする。何か、彼こそこの世界とは違う世界から招喚《しょうかん》されてきたんじゃないか、そんな荒唐《こうとう》無稽《むけい》な想像さえしてしまう。まるで昨日の深夜に見た映画のあの男のように。

しかし、彼はたしかに変わった人だが、私には一番ふさわしい人だ。心がパズルの形をしているとしたら、その凸凹にぴたりと嵌《はま》るのが彼なんだと思う。だけど、彼は無理にその窪《くぼ》みを埋めようとはしない。それが私にとっては心地よく、普通の男の人と違うところかもしれない。

私たちは順路に沿って狭く仄暗い館内を歩いた。ベッドに身を投げ出した妖艶《ようえん》な女、日傘を差した二人の男女、磔《はりつけ》にされた無残なキリスト……彼は一つひとつの絵を食い入るように鑑賞していた。

ここまで作品を愛されたらきっとゴヤも浮かばれるだろう、私はそんなことを考えていた。

そして、私たちは館内の照明がいっさい落とされているスポットに辿り着いた。そこは「黒い絵」と呼ばれる一連の作品のうち、七点が飾られているスペースだった。

「ここ、今までと雰囲気違うね」

「ああ、今日一番見たかったのは、ここにある絵なんだ」

と、彼は少し興奮した調子で言った。

私たちの前には、目を剝《む》いた異様な形相の大男が、自身の欲望のままに小さな男に齧《かじ》りついている絵があった。

「これ見たことあるわ」

私は驚嘆した。

「『わが子を食らうサトゥルヌス』だね」

彼は私に「黒い絵」について話してくれた。「黒い絵」はゴヤが晩年に描いた一連の作品群で、それまでに描かれたゴヤの絵画とは様子が違う。その中でもこの『わが子を食らうサトゥルヌス』がもっとも有名なのだが、そこに描かれている退廃的でグロテスクな絵には、世の中に対する風刺、皮肉、そして、自身の悲しみ、怒り、狂気が込められているようだった。だが、本当のところ、この絵にゴヤが何を込めたのか、それは画家自身しか知り得ない。

彼はそんな話を淡々と聞かせてくれた。彼の話を聞きながら、本当に好きなんだなぁと私は少しため息をつく。好きなことになると、夢中というか、熱心というか。

一通り話したところで、彼はまた絵に集中しだした。私も、彼に倣《なら》ってその『わが子を食らうサトゥルヌス』をしげしげと眺めた。

たしかに彼の言うとおり、ゴヤが描いた他の作品とは一線を画している。グロテスクで幻想的なその異様な世界は、底知れない狂気をもって絵を見る者に迫ってくる。

私は戦慄《せんりつ》を覚えた。形容しがたいこの感覚。まるで、私の心の奥底の感情を、無理やり引っ張り出されるような……だが、そこまで感じさせるとしたらこの絵は芸術作品として完璧だ。

――どうして彼は私を連れてきたのだろう？

『アスモデア』と題された作品の前で、私はそっと腕を組んだ。男と女。そこに描かれているのは、男を連れ去る悪魔の影。

ふと隣に目をやると、相変わらず真剣な顔をして、上から下まで絵画を見つめている政博がいる。

迫るような『アスモデア』の紅色が私の目を釘づけにする。ふいに、私は彼のことをまだ全然知らないいんじゃないか、そんな疑問がよぎった。

美術館を出ると、生暖かい風が二人を包んだ。雨の匂いが私の鼻先をくすぐった。

月曜になると季節は一段と夏に向かい、すでに街は地の底から這い出してくるような蒸し暑さに包まれていた。まるで、灼熱《しゃくねつ》の地獄の蓋が開いてしまう前触れであるかのように。

夕闇が迫る。

私は仕事を終え庁舎の自動ドアをくぐった。

中央区役所は街の中心部、繁華街のど真ん中に位置している。

区役所から駅までは歩いてもそう遠くない距離。だけどこの季節、たかだか十分足らずビル街を歩くだけでも不快指数が急上昇する。

アスファルトをヒールで弾くように足を速める。みるみる髪が額に張りついていく。私は白いカットソーの袖をまくり、ハンカチで額や首筋を何度も拭った。数分して地下鉄の駅に辿り着く。

改札を抜け階段を降りる途中、強い風が私のスカートをめくった。慌ててスカートを押さえつけながら、私は顔を顰《しか》める。ようやくホームまで辿り着くと、ほっとため息をついた。仕事中よりこの通勤時間のほうにこそストレスを感じてしまう。ぼんやりと腕時計を見ていると、トンネルを切り裂くようなヘッドライトが私を包み、自宅方面に向かう電車が到着した。

鮮やかな緋色《ひいろ》のシートに腰かける。人は多いが朝の混雑ほどじゃない。車内にはクーラーがよく効いている。それにしても、いつまでこの暑さと湿気が続くのだろう。ようやく汗もひいてきたところで、私は窓の外を眺めた。真っ暗なトンネルに、ぼんやりと白く光る電光が浮かんでいる。

しばらくすると、電車は長く深い地下を抜け出し、夕日に照らされた住宅街を走る。市の中心部から東西に延びる地下鉄は、途中から地下を抜け出し高架の上を走る。人々を飲み込んだ都市の景色が、遠くの暗闇に沈んでいく。

私の座った椅子の斜め前に、同世代と思《おぼ》しき二人の女性が立っていた。恐らく私と同じく仕事帰りだろう。彼女らの取り留めのない会話が私の耳に入ってきた。

「昔さぁ、ノストラダムスの大予言ってあったよね」

「あー、あったあった。九九年だっけ？」

「そうそう、あの時凄かったよねー。なんか二〇〇〇年問題だとかいってさー、世界が終わるとかって。結局何もなくて馬鹿らしかったけど」

その女たちの会話から意識を逸らそうと、バッグから携帯を取り出し、何かするでもなく眺める。

ノストラダムス。

そういえばそんな人いたな。私が中学の時、たしか恐怖の大王が降りてくるとか言って大騒ぎになったっけ。懐かしいな。私はまるで消えていった芸能人のことを思い出すみたいに、ちょっと苦笑いをした。

でも、考えてみれば、ミレニアムを過ぎて世界は変わったような気がする。人々は向かうべき目標を見失ってしまって、もう何もかも満たされているはずなのに、どこか永久に満たされないような。人類の築いた世界は完璧な構造であるはずなのに、それが砂上の楼閣《ろうかく》であるような……そんな不安。実はノストラダムスの予言どおり、恐怖の大王は舞い降りていたんじゃないだろうか。あの夜、政博が見ていた映画の主人公のように、ひっそりと。

人々を恐怖の淵《ふち》に追い込むはずの大王が、世界を崩壊させるとしたら、きっと、私たちの目には見えないところで徐々にその計画を進めているに違いない。

電車が軋《きし》みを上げて停車した。私はハッとして正気に戻った。馬鹿馬鹿しい。こんな終末思想。現実にそんなことあるはずがないのに。

列車がアスファルトのホームへと滑り込んだ。扉が開く。私は静かに電車を降りた。

夜が訪れようとしている。

暮れ時の空を見上げると、燃えるような深紅から濃い藍色に染まりつつあった。私は、何かに急き立てられるように薄暗いホームの階段を駆け下りていった。

駅を出て、車や人の群れでごった返す片側二車線の大通りを歩く。ざわめく街の空気。上を見上げれば、そこには地下鉄の高架と高速道路のラインが中空で交差している。私はそそくさとその下の交差点を渡り、自宅への近道となる裏路地に入った。騒がしく華々しい大通りとは趣《おもむき》が異なり、そこはひっそりとした佇まいを見せている。

やっているのかどうかさえ定かでないうらぶれた定食屋、幾星霜《いくせいそう》を経てくたびれたアパート、潰れかかった平屋の民家などが、時代の残り香のように立ち並んでいる。夜ともなれば辺りは暗く、人家の明かりと街灯がぼんやりと灯っているだけで、あとはどこまでも深い闇だ。無論人通りも少なく、ときどき周辺の住民と思われる無言の人影とすれ違うだけである。

空にはぼやけた月が浮かんでいる。

少し早足で歩いた。私はふいにあちこちを見渡した。電信柱の陰、塀と塀の隙間、蒼々とした街路樹……きっと、あの光の当たらない部分には、何か得体の知れないモノが潜んでいるに違いない。そう思うと、怖気《おじけ》づかずにはいられなかった。

しかし、そんな根拠のない不安も、マンションに着く頃には消えていた。ガチャン、と玄関の重い扉を開く。「ただいま」その声は誰もいない部屋に空《むな》しく響くだけだったが、ここには変わらない日常がある。

政博はまだ仕事のようだ。彼は今、「ある画期的な薬の臨床試験を行っている」と自分で話していたから、恐らくそれが原因で仕事が長引いているのだろう。

気にならないと言ったら嘘になる。彼の身体だって心配だ。だけど、お互い仕事のことだ。あまり詮索したくはない。私たちはそうやって、過干渉にならないように生活を続けてきた。それがお互いに心地よい。だから、二人は一緒に暮らしている。そのはずだ。今までもこれからも、ずっと変わらない共同生活。

私は考えながら、手製の夕食を口にした。今日は鮭のムニエルだ。

私はさっさと自分の夕飯をすませ、彼の分の皿にラップをかけてテーブルに置くと、片づけをした。そして、換気のためにリビングの窓を開け放った。ベランダには、彼が大切に育てているイングリッシュローズの美しい花が満開であり、まるで宵闇《よいやみ》に浮かぶ月のようにぼんやりと浮かんでいる。薔薇《ばら》の名前は「グラミスキャッスル」というらしい。私はベランダに身を乗り出して、大輪に顔を近づけた。繊細な淡い白にほんのりピンクの色彩がのった、形容しがたいほど美麗な花容《かよう》、鼻をくすぐる甘い没薬《ミルラ》の香り……。薔薇の香りを嗅ぐと、私の不安も苛立ちも、何処《どこ》か遠いところへ消えていきそうだ。

私はリラックスした気分になり、リビングの白い革製のソファで横になった。エアコンの心地よい風が火照《ほて》りを冷ます。仕事からくる疲れなのか、暑さからくる疲れなのか、そのままうつらうつらとしてしまった。

＊

暗い中に白い靄《もや》が立ち込めている。なんだろうこの感じ。とても息苦しい。景色が赤土色に染まっている。重い空気が、私の胸を腐食していくようにゆっくりと蝕《むしば》んでいく。

私は一人きりだった。ここはどこなんだろう？

霧がかかって天辺《てっぺん》までは見えないが、周囲には途方もない高さのビルが隙間なく林立し、無機質な電線が折り重なるように空を走っている。それは、私の逃げ場を塞《ふさ》いでいるように思える。

吐き気がしそうなほどの孤独感が襲いかかってくる。

私の眼前には、一棟の巨大なビルがある。垂れ込めた赤鈍色の雲を穿《うが》つ、超高層のビル。果たしていつ頃この建物が建てられたのか、なんのために建てられたのか、一切わからない。

ビルはすでに廃墟だ。外壁は長年風雨に晒《さら》されたのか黒く淀《よど》み、窓ガラスはすべて取り払われている。どの階も暗く、それでいてどこからかうっすらと赤い光を放っている。いったいこの中に何があるのだろう？　どこにも人の気配はない。私は一人、そのビルへと向かった。ひどく身体が重かった。

思うように動かない身体を引きずるようにしてようやくその黒いビルの入り口の前まで歩くと、誰か倒れているのに気がついた。どうやら男のようだが、何か黒ずんだ影のようなものに包まれておりよく見えない。

私はよろよろとその影に包まれた男に近寄ってみた。

その時、私はようやく気がついた。男を覆っていたのはただの影ではなかった。信じがたいことだが、無数の黒々とした蝿に身体中たかられていたのだ。数えきれないほどの蝿が、ブブ、ウブブとおぞましい羽音を立てている。

どうしてこの人はこうなってしまったんだろう。

その光景から目を背けたかった。なのに、それでも私は、目の前の黒い塊となった男に近づいていった。死んでいるのだろうか？　誰なんだろうこの人？　私はこの人を知っているの？　……そんな思考が渦《うず》を巻いた。私は静かにその人の傍らに立った。

何十万匹もの蝿が身体を覆ってしまい、ほとんど違う生き物と化してしまっている。その光景は、まるで黒いカーテンが蠢いているよう。なぜこんな惨《むご》いことになってしまったのか。その男を助けたいと思う気持ちはあるのにどうしても手を差し伸べることができず、私はただ力なく立ち尽くしていた。

その時だ。急に男の頭部と思われる部位がもぞもぞ動いたかと思うと、ぐるりとこちらを向いた。私は心臓を射抜かれたように動くことができなかった。私の目は、彼の顔に釘づけになってしまった。それは見覚えのある顔だった。冷たく光るその眼差し……銀色に輝く瞳。

「……政博……？」

その瞬間、私は目を覚ました。どうやら夢だったらしい。

まどろんだまま、身体を起こそうとした時だ。

ソファの外に投げ出した足に、今まで感じたことのない奇妙な感覚が走った。

なに？　私はまだ覚醒できていなかった。くすぐったい。何かが足に触れている？

なんだろう……。

　私はハッとしてソファから飛び起き、目を見開いた。そこにあったのは、異形の存在だった。私の足に這い蹲《つくば》るように、ひざまずくように、それは止まっていたのだ。

　私の足の甲で手足を擦《こす》っている。ルージュを塗りたくったような複眼、黒々しい毛がびっしりと生えた不気味な体、素早く動く六本の脚、そして背に生えた透き通る羽。その姿はまるで、ついさっき見た猥雑《わいざつ》な悪夢をそのまま再現したようだ。

　私はあらん限りに叫び声をあげた。

　私の足に止まったソレは慌てたように飛び立ち、やかましく羽音を立てながら、開け放たれた窓の向こうに飛び去っていった。

　窓の外に見えるのは、少し赤みがかった満月。

　嘘だ。嘘だ。声が震える。悪夢であって欲しかった。でも悪夢なんかじゃなかった。迂闊《うかつ》にも窓を開けたまま寝てしまったのだ。だから、またしてもあんな大きな蝿が……。後悔に苛《さいな》まれたまま深くため息をつく。そして、そっとソファから立ち上がった時だった。

　今度は、フローリングにこびりついた黒く大きな染みが視界に入った。まるで白いキャンバスに黒い絵の具を零《こぼ》したような染み。

「これって……」

声に出していた。また声が震えた。こんな汚れ、昨日まではなかったはずだ。私は両手で顔を覆った。事態が飲み込めない。私の頭はおかしくなってしまったのだろうか。

黒い染みは、点々と、玄関のほうへ続いている。

身体中から脂汗が噴出してくる。ゾワゾワと皮膚がささくれ立ってくる。私はだるい身体を引き摺《ず》って、フローリングを見渡した。何が起こったのだろう。この染みは何なんだろう。まさか政博が？　いやそんなはずはない。彼がこんなことをするはずがない。疑念は尽きることなく、余計神経が逆立つ。血走った目を見開いて、周囲に気をめぐらす。私は意味もなく、テレビの陰、オーディオの裏、本棚の脇などなど、変わりないはずのものを隈《くま》なく確認して回った。

そして気がすむと、ようやく勇気が出て、その足跡のような黒い染みを追っていった。

染みは廊下を伝い、玄関の前でぴたっとなくなっていた。

もしや、私の知らない間に誰か入ってきたの？　そんな思考が一瞬脳裏をよぎり、寒気がした。全身があわ立って止まなかった。

私はそのまま、廊下の白い壁を背にしてへたり込んでしまった。絶望的な気持ちのまま、虚《うつ》ろに廊下の蛍光灯を眺めていた。

その時、玄関の扉が開く音がした。私は飛び上がるほどに身体をびくつかせた。「ただいま」と小さな声がする。政博の声だ。

私はどうにか腰をあげようとしたが、へたってしまって動けない。廊下の真ん中でぐったりしている私に彼はすぐに気がついた。

「おい、葉子！」

彼は慌てた様子で、左手にブリーフケースを抱えたまま、こちらの顔を覗き込んだ。

「どうしたの？　こんなところで」

彼は額に浮かんだ汗も拭わずに、とても心配そうな目で私を見ていた。私はどうにか答えようとするものの、うまく声が出ない。

「ひどい顔だな。……大丈夫か？」

政博は、そっと右手を差し出した。その声の旋律が、私の鼓動を穏やかにさせる。彼は震えたままの私の手をきつく握ってくれた。私はゆっくりと立ち上がり、その勢いのまま彼のがっしりとした肩にしがみついた。

「……おかしいの」

彼はきょとんとしたままだ。私は彼の背中をぎゅっと掴んでいた。

「……蠅がいたのよ！」

「蠅？」

彼も私の狼狽《ろうばい》ぶりに驚いたようで、顔を覗き込んできた。私はまだ混乱していた。

「どうにかしないと！」

「落ち着きなよ。どうにかって言ったって、夏なんだから虫くらい出るさ。そんなこと言ったら僕だって研究室で毎日毎日ショウジョウバエのケージを眺めてるんだぜ」

そういえば、前にも実験でショウジョウバエを使うことがあると言っていた気がする。政博は苦笑いして私の肩を撫でると、そっと離した。

「で、でも！　見てよこれ。蝿だけじゃないのよ。気持ち悪い染みがこんなについていて」

私は彼にその証拠を見せようとしたが、またしても不可思議なことが起こっていた。あのフローリングの「黒い染み」は、綺麗さっぱりなくなっていたのだ。

「染み？　染みなんてないだろ、どこにも。いつも君が綺麗にしているんだからさ」

私は幾度も目を凝らしてみたが、たしかに床にはなんの異変も見当たらなかった。幻を見たのだろうか。

私はそれ以上何も言えなかった。

政博は静かにため息をつくと、うなだれた姿勢でいる私をダイニングに連れていった。

「ムニエル作ってくれたんだ。ありがとう」

彼はレンジでムニエルを温めながら、ダイニングの椅子で肩を落としている私に温かいコーヒーを注いだ。

「そう神経質になることないだろ？」彼はあくまで優しい口調だった。これで落ち着いてくれよ、と私の前にコーヒーが置かれる。

「ごめん……」

私はマグカップを持ちながら、少女のように小さくなった。

「疲れてるんじゃないか？　あんまり思いつめたらダメだよ、な」

政博は微笑んで、私の向かいに座った。たしかに、私は細かいことを気にしすぎる。神経質なのは自分でも自覚がある。神経過敏で潔癖症。身に着けるものも、一度着たら洗濯するかクリーニングに出す。つき合う人間も、自分にとって快か不快か注意深く選ぶ。不快な人には顔では笑っていても心の中では嫌悪している。世の中には受け入れ難いものがたくさんあるのだ。こんなこと、悪い癖だとわかっていた。心の狭い人間なんだと、直さなくてはいけないと、わかっていた。

政博はそんな私を理解し、また、いつもフォローしてくれた。彼はいつもおおらかでいてくれた。だけどいい加減じゃなくて、ちゃんと私の気持ちを察知してくれる。寄り添ってくれる。そんなところに安心していた。彼のおかげでこの過敏になりがちな神経のざわめきも和《やわ》らぐのだった。

私はコーヒーを飲み干し、ふうとため息をついた。そうだ、何を馬鹿げたことを気にしているのよ。

私を脅《おびや》かしたものは、漠然とした不安の湖に一瞬その姿を現し波紋を作ると、また何事もなかったように消えてしまった。

五

金曜日。

遠雷が都市の喧騒《けんそう》と重なる。夏が、私たちを徐々に侵食してくる。

私は残っていた事務処理を終わらせ、庁舎を出た。途切れることのない人波を抜け、約束の店に向かう。

今日は毎年恒例の職場の懇親会だった。

雑居ビルの二階にある一軒のテナント。ここらでは有名な中華料理店である。

開始時間に遅れた私は、急いで階段を駆け上り、ドアをくぐった。照明を落とした店内にはむせ返るような匂いが漂っていた。座敷には細長いテーブルが四列並んでいて、そこにはすでに同僚たちのいつもの顔が並んでいた。まだ会は始まっていないようだった。

「葉子ちゃん、こっちこっち！」

そうやって手をひらひらして呼ぶのは真下さんだった。私は向かって左側の奥の席に案内された。

「ごめんなさい、遅くなっちゃって」

「いいのよ、これからこれから！　ほら、飲みなさい」

そう言って、彼女は私の前に用意されていたグラスに勝手にビールを注いでいた。

こういう場で素直に楽しめる人が羨《うらや》ましい。

私は正座をしたまま、隣に座る彼女にされるがままにしていると、上座のほうから声がした。

「というわけで、今年も懇親会の季節ですねー。これから暑い季節ですが、一緒に乗りきっていきましょう。ではカンパーイ！」

課長が音頭をとると、周りもいっせいにグラスを掲げる。そして、あとは皆それぞれのグラスを重ねるのに一生懸命だ。

懇親会は、年度替わりの忙しい時期を避け、六月の終わりであるちょうど今の時期に行われる。私も、作り笑いを浮かべながら、同僚や上司たちと次々にグラスを重ねた。

左隣に座っていた真下さんはすでに席におらず、あちらこちらへ顔を出して高笑いをしている。

私は静かに料理に口をつけた。私の右隣には澤木が座っていた。

彼も相変わらずのマイペースで、目の前に広がる青菜炒め、ホイコーロー、エビチリ、鮑《あわび》、鶏のから揚げ、水餃子、シュウマイ……などなど、吐き気がするくらいに山盛りにされた料理に次々と手をつけている。その食べっぷりは、さすが巨大な腹をしているだけのことはある。

「澤木、相変わらず凄いわね」

私は呆れたように彼に話しかけた。

「こういう機会だもん。食べなきゃソンソン」

彼はそう言うと大げさに箸を動かして、料理を次から次にやっつけていく。

「アンタって、食べること以外に興味ないの？」

澤木は箸を置き、ビールをグイッと飲み干すと、ハンカチで口を拭って言った。

「あははは、そんなことないよぉ」

「本当にぃ？」

「そうだよ、例えば……」

そう言いかけた時、派手なアニソンが澤木のポケットから響いた。彼は、その脂肪によって突っ張ったYシャツの胸ポケットから携帯を取り出す。

「おっと、失礼」

澤木は立ち上がり、その場で電話に出た。

「ええ～、困るなぁ。今日は飲み会だって言ってあるじゃない。……うんうん、わかったって。じゃあ急いで帰るよ」

なんだろう？　私が不思議に思っていると、突然澤木が周りに挨拶をしだした。

「……というわけだから、ごめん朝倉さん。僕帰るわ」

「へ⁉」

「ちょっと奥さんにドヤされちゃって。ははは、困ったもんだよ」

「お、奥さん⁉」

私が呆気にとられていると、赤い顔をした真下さんが割り込むように席に戻ってきた。

「なんだぁ、知らなかったの？　澤木結婚しているのよ」

口にしていたホイコーローを噴き出しそうになって、私はビールを飲み干した。真下さんは、おもちゃで遊ぶ猫のように自分の栗色の髪をくるくる指で巻いている。

「結婚⁉」

私は驚嘆した。

「あれ、朝倉さんに言ってなかったっけ？」

澤木は周りの面子《めんつ》にやっかみを言われながらも、相変わらず飄々《ひょうひょう》とした様子でいる。

「あなたが配属された前だったもんね、澤木が結婚したの」

真下さんは、筋張った細長い手でグラスを握り締め、焼酎を飲み干す。

「そうでしたっけぇ」

あはは、と澤木ははち切れそうなおなかを摩っている。

「全然知らなかった、ていうか意外すぎる……」

複雑な心境の私をほったらかしにして、澤木はさっさと上着を着ると立ち上がった。

「皆さん、盛り上がってますねー、こんばんは」

すると、出入り口のほうから、今までとは違う声が聞こえてきた。このざわついた喧騒の中にあって、どこか上品な、透き通るような、それでいて子どものようにおどけた声だった。

「おー来た来た、おーい、明日香《あすか》さーん」

私の隣ですっかり帰り支度のすんだ澤木が、その新しくやって来た男に声をかけた。それに気がついたのか、その明日香と呼ばれた男は周囲への挨拶もそこそこに人々の間をうまくすり抜けてこちらに来た。

「いやー、助かりましたよ来てくれて」

「こちらこそ。ちょうど暇だったしね。澤木、今日はどうにか奥さんのカミナリが落ちずにすみそうだな」

「あはは、そうなんですよ。んじゃ、あとは任せます。よろしく」

立ったまま談笑している二人のやり取りは、彼らの仲が良いことを物語っている。私が今の職場に異動してきたのは二年前だが、まさか同期の彼が結婚しているとは知らなかった。なのに、突然現れたこの男は、澤木に奥さんがいるという事実を当然のように知っているのだった。

澤木は上司のところに丁寧に挨拶に行くと、喧騒にまぎれるように姿を消した。それを見送ると、明日香という男は、澤木が座っていた私の右隣にあたる席を陣取ってしまった。

「きゃあ、明日香くーん、久しぶりだねぇ」

「やあ真下さん、お久しぶり。相変わらず麗《うるわ》しいご様子で」

酒とパフュームの匂いが混じった真下さんはさっそく明日香の隣に移って、彼に絡みだした。どうやら彼とは顔見知りのようだ。仕事上のつき合いがあったのだろう。どうでもいいが、酔っていても抜け目がない人だ。

私は、周りの人たちが酒類を注文しているのに便乗して、モスコミュールを頼んだ。最初は気が乗らない宴会だったが、次第に私はその雰囲気に飲まれていった。

隣の会話が聞こえてきた。どうやらこの明日香という男は、同じ公務員で東区の保険年金課に勤めており、たまたま澤木からのメールがありここに寄ったらしい。私は、真下さんの質問攻めにあっている彼の横顔を見た。

襟足まで伸びた、パーマのかかった明るい栗色の髪。シャープな輪郭に、垂れた目尻の二重瞼《まぶた》。長い睫毛《まつげ》がそれをどこか情熱的に演出している。たしかに顔はいいのかもしれない。真下さんが酔ったフリして彼に絡むのも無理はないだろう。真下さんは自分の気に入った男にはすぐに靡《なび》くクセがある。

私はふーやれやれとため息をついて、モスコミュールを飲み干した。

その時、完全に油断していた。

「あ！　ねぇねぇ君、朝倉さんだよね？」

私は後ろからいきなり背中を押されたみたいに、身体をビクッと震わせた。上気した頬が一気に冷めていくのを感じた。

「え、あ、はい、そうですけど……」

私は明日香のほうを向いて、おずおずと言った。彼は私の動揺などまったく気にしない素振りで言った。

「いやぁ、君のことは澤木から聞いてたんだ。同じ部署の子で、仕事も丁寧で確実だし、すらっとした美人だし、言うことないって」

「本当ですか？　澤木がそんなこと」

私は胸が詰まりそうになるのを必死に堪えた。あまりに唐突な台詞に対応できない。

「嘘だけどね」

明日香はテーブルに片肘をつき、ニッと相好《そうごう》を崩した。その表情に悪気というものはまったくない。まるで悪戯《いたずら》好きの少年みたいな……。

「はぁ⁉」

私はつい素《す》っ頓狂《とんきょう》な声をあげ、身を乗り出しそうになった。

「アハハハッ、かわいいなぁ、朝倉さん」

彼は無邪気に笑った。そこへ完全に酔いの回った真下さんが合いの手を入れた。

「だめよぉ、明日香くん。彼女、ちゃんと決まった相手がいるんだからさぁ。あんまりからかっちゃ」

そうやってとろけそうな顔をこちらに向けている。私は再び顔が赤くなるのを自覚した。

「へー、そうか朝倉さん、まだ政博とつき合ってんだ？」

明日香は、さも何気ない調子で呟いた。

「え？」

周りの人たちは話に夢中で、宴会はさらに盛り上がりを見せている。その中に投げかけられた波紋。私は思わずその場で立ち上がりそうになった。

「なんで彼の名前を」

頬に一筋の汗が伝う。私は、周囲の景色が遠のいていくのを感じた。どうして？

たしかに真下さんには同棲していることも明かしている。だが、彼の名前までは出したことがない。なぜ急に現れたこの明日香という男が、政博のことを知っているのだろう。

「え、明日香くん、葉子ちゃんの彼氏知っているんだ？」

真下さんが大きな目を爛々《らんらん》とさせている。当然、真下さんも知らないはずの情報だから、興味津々なのだろう。

明日香は流し目でこちらを見た。その鋭い眼差しは悪魔のようで、こちらの反応を楽しんでいるみたいだった。

「さぁて。どうしてだと思う？」

私は無言のまま眉を顰《ひそ》め、キッと隣の彼を睨んだ。すると彼はニヤニヤしながらビールを飲み干した。

「アハハハ、そう怒らないでよ。たいしたことじゃないって。僕、N大卒なんだけどね、その時政博とよくつるんでたんだ。朝倉さん、その当時からヤッとつき合ってたじゃない？」

私は息を呑んだ。明日香の言うとおり、私はN大時代から政博とつき合っている。しかし、政博にこんなちゃらんぽらんな友達がいたなんて全然知らなかった。

まぁたしかに、政博は自分のことをあれこれ喋る人ではないから、この男のことを私が知らなくても無理はないんだけど。でも、よりによってこんな意地悪な人と仲良くしてたなんて……ちょっと信じられなかった。

「……それならそうと、最初から言ってくださいよ」

私は腕を組んで彼から目を逸らした。

「まぁまぁ葉子ちゃん、おもしろいでしょー明日香くんって。私たち同期で、もともとは同じ区役所に配属されていたからさぁ。一年目の時から、彼どこに行っても大人気だったのよ」

焼酎片手にぺらぺらと話す彼女の言葉を否定するでもなく、明日香は私に言った。

「しかし朝倉さんがヤツの彼女だなんて、人類の悲劇だよ！　まったく惜しいことをした」

「人類の悲劇ってなんですか」

胸焼けがするのは中華料理のせいではない。大仰《おおぎょう》な明日香の言葉に、私は辟易《へきえき》した。いくら政博の友達だからといって、こういうタイプの男の人が私は一番苦手なのだ。

「ねぇねぇ明日香くん、葉子ちゃんの彼ってどんな人なの？　前から聞きたかったんだよねー」

まずい展開だなぁ。私は酔いもすっかり醒《さ》めてしまい、内心冷や冷やしたまま黙っていた。そして、明日香の顔を不安げに見つめ、頼むから余計なことを言わないで、と祈っていた。

「それは朝倉さんの口から聞くべきじゃないかな」

そう言って彼は真顔で真下さんと私を交互に見遣った。一瞬真下さんは虚を衝かれたように目を瞬かせたが、

「え？　まぁたしかにそうね。ねね、どんな人なの？」

と、すぐに切り替え、私に食いついてきた。

「う、うーん……優しい人、かな」

私は苦笑いを浮かべ、たじろぎつつ答えた。二人とも、それを何か珍しい動物でも見るような目で見た。

「えーありがち！　それだけじゃないでしょー？」

私は内心真下さんに嫌悪感を抱いた。好きこのんで一緒に暮らす男性に、優しいこと以上の価値が果たしてあるのだろうか。優しくなければ、それこそ一緒にいる意味なんてないじゃないか。もちろん「優しい」という言葉にはいろいろな意味が籠もっていることくらい百も承知だし、優しいだけじゃつまらないのもわかる。だけど、私は男の人にスリルを求めているわけじゃない。

だいたい、どんな人かと聞かれて、納得のいく答えを言える人なんているのだろうか。あの人はこういう人です、と簡単に言葉にできるなら、誰もが人間関係に苦労す

ることはないだろう。仮に、言葉で丁寧に説明したとして、今の私と彼の間にある独特の空気感を伝えられるなんて思えない。

「フーン、やっぱ朝倉さん大事にしてんだねぇー、あの鉄仮面を」

「もう、失礼ですよ！」

私は自分の恋人のことを知られてしまったのが恥ずかしく、それ以上会話に加わる気になれなかった。席を立ち、トイレに駆け込む。鏡に映る自分の顔。酒のせいか、それともあの男のせいか、赤く上気しているのが情けない。

二十一時を過ぎて、懇親会はお開きとなった。集った人々は、ぞろぞろと中華料理店を出て行く。誰も彼も満足したようで、赤々とした顔を宵の歓楽街に浮かべていた。

私は課長や同僚、そして真下さんたちに挨拶をすませ、さっさと一団から離れようとした。すると、あの男がすっと私の横に立った。

「朝倉さん、政博によろしくね」

「え、ええ、はい」

「それから……」

明日香は突然私の肩に手をかけ、そっと耳元に顔を近づけた。彼の熱が伝わってきた。

「もっと彼のことを知ったほうがいいよ」

「な、何するの」

私は慌てて彼を引き剝がすように、上半身を仰《の》け反《ぞ》らせた。

「アハハハ、じゃあまた会おうね」

そんな軽口を叩きながら左手をひらひらと振り、人の群れに紛れていった。

私はしばらくその後ろ姿から目が離せなかった。

——もっと彼のことを知ったほうがいい。

私が彼のこと知らないってこと？

明日香の意味深な言葉が、染みついた汚れみたいに脳裏から離れなかった。


私は部屋に着くとバッグをソファに放った。お酒の臭いがぷんぷんする。嫌だなぁ。

明々と蛍光灯が照らすリビング。そこには私の姿しかない。一人の痩せた女が、ガラス窓に映っている。

時刻はすでに二十二時を回っている。なのに、ここにあの人の姿はない。なんとなく今日は自分よりも先に帰ってきている気がしたのに。ここには、ただ静寂が居座っているだけだ。

私はシャツのボタンを一つずつ外して洗濯機に放り込むと、ほとんど下着のまま、キッチンで紅茶を入れた。酔い覚ましになればと思ったが、妙な興奮が私の心に波紋を作ったたままだった。

澤木のヤツ、明日会ったら許さないんだから。それから、あの明日香っていう人、いったいなんなの？　まるでなんでも知っているみたいに話しかけてきて……。

そんな言葉をかみ殺すように紅茶を啜《すす》る。

時計の針が時間を刻む。

明日は本来休庁日だが、区役所勤めの私は、今度の市長選の準備のために駆り出されることになっていた。私はため息をつくと、これ以上彼の帰りを待つのを諦め、入念にシャワーを浴び、さっさとベッドに潜り込んだ。

深夜、私がうつらうつらしていると、寝室に彼の気配がした。闇の中で何か得体の知れない存在のように動いている。

「今帰ったの？」

タオルケットを被ったまま私は投げやりに言った。

彼の姿が影絵のように、白い壁紙の上を音もなく動いている。

「うん。遅くなった」

もう少し早く帰れないの？　と言おうとしてやめた。今日、明日香という男に会ったことを話そうとしたが、それもやめた。そのまま身体を丸めて無理やりまた目を瞑った。彼は何も言わなかった。

六

七月の最初の土曜日。

政博は土曜だというのにすでに仕事に出かけてしまった。私はひとり、家の鍵をかけ役所に向かった。

酒を飲んだ翌日だからだろうか、妙に身体が重かった。市長選の準備のための駆り出し要員というのもまた腹立たしかった。しかし、文句を言っても始まらない。いつものように区役所に着くと、打ち合わせをすませ、すぐに近くの小学校の体育館に移動した。そこで、同僚たちと投票所設営の準備を始める。段ボールに詰められた白票や、文房具、住所録など、用意するものはたくさんあった。澤木が大汗をかきながら私の横を走っていった。食べすぎだぞっと言ってやりたかったが、やめた。

そんなふうにして一日はあっという間に過ぎた。

外はすごい湿気だ。ようやく帰路についた私の身体にまとわりついてくる。私はうんざりしながら歩いた。空は濃鼠《こいねず》の雲に覆われている。土の臭いがする。これから雨が降るのかもしれない。雲間に見える赤々と燃える夕焼けが、なんとなく私の心のうちに燻《くすぶ》っている不安のように思えた。

　仕事帰りのだるい身体をひきずるようにして地下鉄の駅に向かう。土曜の繁華街は信じられないほど混み合っている。不況なのに、休みともなれば皆ここへやって来る。欲望に駆り立てられるように、忙しなく私の横を通り過ぎる群集。都心部にある区役所に勤めているせいで、嫌でも人ごみを通らなくてはいけないのだ。

　その時グレーの細身のスーツを身に纏った男とすれ違った。ライトブラウンの髪色、猫のように大きい目、薄い唇、尖った輪郭……気づいた時はすでに遅かった。次の瞬間、男は舞い降りるように私の前に躍《おど》り出て、行く手を塞《ふさ》いだのだ。

「あれ、朝倉さんじゃん？」

　私の認知速度があと少し速かったらこの男を無視できたのに。私はなんだかがっくりきて、仕方なく挨拶した。

「あ、明日香さん……こんばんは」

　風で街路樹の葉がざわついている。私は自分の不運をつくづく嘆きたかった。仕事中ならともかく、休日出勤で疲れきりテンションが落ちている時に、なぜこの不快な男に会わなくてはいけないのだろう。

「あれ？　なんか、受け入れられてない感じ？　残念だなぁ。こんなところで朝倉さんに会えるなんて、僕はこの幸運を全身で表現したいくらいなのに」

「変なこと言わないでください。じゃあ私、急ぎますんで」

私はその場から無理やり去ろうとした。幸いなことにあと二十メートルも行かないところに地下鉄の階段が見える。

しかし、この男はそんな甘い男ではなかった。いや甘い男なのだが、獲物を簡単に逃がすような腑《ふぬ》抜けではなかった。

「まぁまぁ待ちなよ。朝倉さん、それじゃあモテないよ？」

「し、失礼ですよ！　だいたいあなたにモテたって仕方ないですから」

私はつっけんどんに言い返した。

しかしそんな私の態度にも彼はいっさい動じず、あまつさえ屈託《くったく》のない笑みまで見せた。

「まぁまぁ、そう言わずにさ。せっかくこうして会ったんだから。朝倉さん、今帰りでしょ？　ちょっとつき合ってよ」

ほらきた。これがチャラ男のやり口だ。そんな手に乗ってたまるか、と私はすかさず反論した。

「私帰るのに忙しいんです！」

我ながらアホなことを言っているなぁと思いながらも、私はどうにか彼の誘惑を振り払いたかった。そりゃ、政博と旧知の仲だっていうし、彼から政博のことをいろいろ聞いてみたいという気持ちがないわけじゃない。だけど、簡単に気を許すわけにはいかない。だいたい、こういう人にはちょっとつっけんどんなくらいがちょうどいいんだ。少しでも隙を見せたら、そこにつけ込んでくるに決まっているんだから。

「ふーん。せっかく政博がらみでいいこと教えてあげようと思ったのに。まぁいいや。女性に無理強《じ》いするのは僕の趣味じゃないからね。ほんじゃまた」

するとと明日香は、驚くほどあっけなくあさっての方向に視線を逸らすと、こちらに背を向け歩き出そうとした。今度は私が声をかけた。

「待って！　い、いいことって何？」

「だから政博のこと。だけど、君、帰るんだろ？」

「……ちょっとだけなら、つ、つき合ってもいいですよ」

私がそう言うと、明日香は思いっきり口角を吊り上げ、したり顔で笑った。

ああ、弱いところをつかれたなぁ。こうして私は彼の誘いに乗るハメになった。

地下鉄の入り口から少し歩く。明日香は、私を馴染みの店らしいバーに連れて行った。「青猫」という店だった。ごくありふれた雑居ビルの地下にその店はあった。彼は店の名前が萩原朔太郎の詩集『青猫』から採られていることを嬉々として話した。

店の入り口へと続く狭く長い階段を降りていく。階段の壁は石煉瓦《れんが》を模《も》した作りで、ご丁寧に蔦《つた》まで生やしてある。まるで都会にあるとは思えない、秘密の洞窟みたいだ。

明日香に連れられ、その洞窟に入っていく。階段の突き当たりにある重厚な赤錆《あかさび》色の扉を開くと、中のひんやりとした空気を頰で感じた。光度の低い照明、怪しく跳ねるジャズ。壁一面にはびっしりとレコードや書籍が並ぶ。

ちょっと妖しいけどいい雰囲気のお店じゃない、なんて思ってしまい、私は右手のバッグの持ち手をぎゅっと握り直した。彼の巧みな誘いにこれ以上乗らないようにしなくっちゃ。

私たちはカウンター席に並んで座った。

「マスター、久しぶり!」

「こんばんは、明日香くん」

マスターと呼ばれた口ひげを生やした男性は、カウンターの向こうでカクテルを作りながら静かな笑みを湛えていた。ここの内装や照明、店全体の雰囲気は、すべてマスターの好みなのだろうか。

「ウーロン茶とジンジャーエールください」

「はい。かしこまりました」

マスターは機敏な手つきで準備を始める。私は目を瞬かせて、思わず彼のほうを見た。

「明日香さん、お酒頼まないんですか？」

意外だった。この男は、女を酒と甘いトークで酔わせるようなそんな不埒《ふらち》な輩《やから》の一人に違いない、と、どこかで思っていたのに。

「今日はそんなつもりじゃないさ。この店さ、昼間はカフェで、夜はバーなんだけど、青猫って名前にぴったりの店だろ？　あ、知らない？　青猫っていうのは」

「いや、もうさっき聞いたんで。でも、こんなところに連れてくるから、てっきり……」

「へぇー、何か期待しちゃったんだ？」

「違います！」

私はテーブルに両手をついた。

「アハハハ、葉子ちゃん、かわいい」

「勝手に下の名前で呼ばないでください！　ていうか、どうして知っているんですか」

「そりゃあ、政博のカノジョの葉子ちゃんといえば学内で有名だったもの。美しく聡明でかつ気高く、繊細でもあり……」

まるで学生時代の私を詳しく知っているかのように流暢《りゅうちょう》に語る明日香に、私は困惑していた。冗談を言っているのか本気なのか……バーの雰囲気も手伝って、妙に高鳴る鼓動を私は必死で抑えた。

「そう！　まるでポール・ドラローシュの『若き殉教《じゅんきょう》者の娘』に描かれている少女みたいな……あ、僕の中でだけど」

「もう！　知らないですよ。口説きたいだけなら帰りますよ？」

「アハハ、冗談、冗談。さて、じゃあ本題に入ろうかな。いいかい？　君が次に言う言葉を当てるから」

「へ……？」

虚を衝かれ、私はまぬけな顔をしてしまった。

カウンターの上方に設《しつら》えてある青みがかったスポットライトが、彼の顔を妖しく照らしている。彼の瞳には、人の内面を探る力がある気がした。

「『政博について、アナタが知っていることをなんでも教えて欲しい』」

青々と照らされた彼の瞳がゆらゆらと揺らいでいる。ふざけているようで、彼はここへのこのこついて来た私の心理を見抜いていた。

「……明日香さん、私ね」

「アイツのことがわからないなら自分で知るべきだ、恋人同士なんだからもっともっと知り合う努力をするべき、君はそう思っている。だけど、なぜかつまずいてしまう。煙《けむ》に巻かれたみたいに、彼のことがわからなくなる時がある……」

「どうして」

――どうしてこの男には、私が言おうとすることがわかってしまうんだろう。

するとと彼はニコニコ笑いながら、不意打ちに、その長い人差し指を私の頬に向けて指した。不安と期待が綯《な》い交《ま》ぜになった顔に刺さる彼の人差し指。私は怒りすら覚えず、ただ茫然としていた。きっと明日香には、さぞかし滑稽《こっけい》な顔だと思われたに違いない。

「そんな狐につままれたような顔しちゃって。君が考えていそうなことくらいわかるよ。どうして君がここに来たのかも」

「や、やめてください！」

私はようやく自分を取り戻して、慌てて勢いよく顔を逸らした。この人はどうしてこうやすやすと人の領域を越えてくるのか。普通だったらこんなこと許せないのに、この人と話しているとどんどん彼のペースに嵌まってしまう。

なぜだ？　なぜこの人は……。

明日香はやれやれといった感じで、マスターからウーロン茶を受け取り、私の前にはジンジャーエールを置いた。

「ジンジャーエールでよかったかな」

私はため息をついて、しぶしぶそのジンジャーエールを口にした。黄色みがかった炭酸が氷にぶつかってはじけている。そっと視線を右に送る。彼は細くしなやかな手指で優雅にグラスを握り、ストローでウーロン茶を飲んでいた。

明日香は一息つくと言った。

「……アイツさ、ここで僕と一緒に働いてたんだぜ？」

「えっ」

私は大げさに反応してしまった。

「やっぱり君は知らなかったんだ。大学の時ずっとここで働いてたのに。じゃあ家族は何人構成で、小中はどこで、高校はどこで、とか知っている？　ヤツは君にちゃんと話しているの？」

その時の彼の瞳は今までで一番真剣で、真冬の朝、しんと冷え切った湖面がいっきに凍りつくような、そんな侵しがたい緊張に満ちていた。それはさっきまでのおどけた様子とはまったく異なり、神秘的ですらあった。

「家族は……お父様もお母様も彼が小さい頃に亡くなったと聞いています。それで、親戚のお家に預けられることになって、大学の時から一人で暮らし始めたって……。もちろんバイトをしていることも知っていましたよ。カフェで働いているって。でもここのことだとは知らなかった……」

私は唇が乾いていくのを感じた。

彼の目が私をえぐる。

「私だって彼のこと、なんでも知りたいと思ってます……。でも、彼は教えてくれないんです。彼、過去のことをあまり話したがらなくて。もちろん家族のことは教えてくれたけど、細かいことはさっぱり……。大学生の時からつき合い出したけど、それは今だって変わってない」

そう、彼との間にあるのは、二人が出会ってからの記憶と、現在、そして未来だけ。二人が出会う以前の彼のことは、ほとんど知らないでいた。私自身は、自分がどこで育ったとかどういう出来事があったとか細かく話しているが、彼はそれをいつも微笑みながら受け入れるだけで、決して自身の過去を深く話そうとはしないのだった。

「ふぅん。君に対してもそういう男なんだね、彼は。嫌にならないの、それで」

「彼が望むなら……」

それは私の素直な言葉だった。すると彼は少し相好を崩して言った。

「なるほどねぇ、まぁなんとなく、どうして君がマサとつき合っているのかわかった気がするよ」

彼は、政博のことを『マサ』と呼んだ。

「マスター、マサのこと話してくれない？」

カクテルの準備をしているマスターに、明日香は話しかけた。

「知ってるんですか？」

私も思いきってマスターに尋ねた。

「ええ、もちろん。彼のことはよく覚えています。彼は働きものだったからね」

「本当ですか？」

私は思わず身を乗りだした。

明日香は黙ってマスターに目配せした。

「はい。学生なんてのは、適当にフラフラ、気ままに働くのが常ですが、彼は違いました」

マスターはさり気なく店内の暗がりに目をやった。視線の先、店の奥には、女性客が二人座っている。若いバイトと思われる店員が、彼女らと楽しげな会話に花を咲かせていた。

マスターは視線を戻して、静かに語らいを続けた。

「彼は、非常に真面目な青年でした。この店のルールを律儀に守り、接客ほかすべてを完璧にこなそうとしていました。実際のところ彼の働きはすばらしいものでしたよ」

淡々としながらも、マスターは饒舌であった。その言葉からはたしかに政博の姿が再現される。隣の明日香もうんうんと頷いていた。

「そうそう、アイツすっげー真面目でさぁー。シフト制でやってたんだけど、週に五日は出てたと思うよ。それに女の子にはモテたんだぜ？」

「ははは、それを言うなら明日香君の右に出る者はいませんよ」

「さっすがマスター、わかってるじゃん？」

「あなたは美形で口が上手く、しかもチャーミングで、それは当時の子たちには人気でしたよ。だけれども、君に負けず劣らず人気だったのが政博君でした」

「え？」

私はマスターの意外な言葉に思わず聞き返してしまった。

「あなたもきっとご存じかと思いますが、彼は人の話に真摯に耳を傾ける人間です。例えば明日香君が人の心を鼓舞《こぶ》し楽しませるジャズなら、政博君は旋律の滑らかなクラシックのようです。決して相手に押しつけない。相手に寄り添い、相手の世界観を深める手伝いをする、まさにこの店にピッタリの人柄でした」

「そうだったんですね……」

私はジンジャーエールを飲み干した。氷がとけて小気味良い音を立てる。テンポの速いジャズがボサノヴァに変わった。

マスターの口ひげの下に笑みがこぼれている。紳士的だが、酒場という特別な空間を演出するのに心を砕いているマスター。どこか得体の知れない感じのするこの店で政博が働いていた……その事実は、私の不安な空白を埋めていくピースのようだった。

「マスター、詩的だねぇ」

「そうでもありませんよ」

そんな会話をしていたところ、女性客の相手をしていたバイトの男が慌てて戻ってきて、新しい注文を次々と伝えた。

「おっと、忙しくなってきましたね」

「マスター、また来るよ」

明日香が空気を察して立ち上がり、会計をした。

私もそれに合わせるように、バッグを手に提《さ》げると静かに椅子から下りた。

「ごちそうさまでした」

「またいつでもいらしてくださいね」

マスターの笑みが、青い暗闇に消えていった。

私たちは青猫を出ると、すっかり夜の帳《とばり》が下りた歩道を連れだって歩いた。車道側を歩く明日香は何も言わなかった。

本当にただ、政博のことを伝えたかっただけ？

「どうしたの？　変な顔して。期待ハズレだったかい？」

明日香は両手を後ろ手に組んで、にゅっとこちらの顔を覗き込んだ。

明日香のこういう仕草にはまだ慣れない。私は顔を上気させて、首を振った。

「ち、違いますって。私、反省したんです。……彼が昔バイトしていた場所も知らないなんて」

「反省なんかしなくてもいいじゃない」

明日香はカールした茶色の髪を揺らしながら、少し先を歩いていた。タン、タタン、と靴底で軽やかにリズムをとる。まるで空中を闊歩《かっぽ》するみたいに。陳腐《ちんぷ》な表現を用いれば、天使のような……いや、この男が天使のわけがない。なのに、この都会の中にあって彼の足取りは他の誰より軽い、そんなふうに思った。

「どうして？」

私はそんな彼の動作を見ながら言った。

「アイツが話したくないんだろ？　じゃあ話す必要はないってことなのさ。アイツにとってはね」

「それはわかるけど……じゃあ明日香さんはなんで私をあの店に連れて行ったんですか？」

私は思わず足を止め、彼にそう言った。

彼はくるりと向きを変え、私の前に立ちふさがった。

「少しでも知ってよかっただろ？　君の心が、彼を強く求めているんだから」

私は強く息を呑んだ。何か言わなくちゃと思いながらうまく言葉が出ない。バッグを握り締めた両手が震えている。

「だからチョット教えてあげたくなってね。ただそれだけだよ。じゃあまた」

彼はそう言うと、さっと右手をあげ、煌々《こうこう》と闇を照らすショーウィンドウが続く道に消えていった。最後の言葉が胸に刺さり、思考が停止していた私は、彼の後ろ姿を追いかけることはできなかった。

私は一人雑踏に立ち止まって、胸に手をやった。

私は彼を求めている。

じゃあ彼は？　彼は私を……。


地下鉄の駅から、私は携帯していた折り畳み傘を差して歩いた。雨が夜の街を濡らしていた。時折走るオートバイの音がやたら甲高く響く。煌々と光る街灯に雨粒が照らされている。私は、足元が濡れるのも気にせずに足を速めた。腕時計を見ると、すでに二十時を回っている。こんなことをしていたと知ったら、彼は怒るだろうか。

バッグの中の携帯が揺れた気がした。とっさに取り出して画面に目をやる。通話アプリの新着メッセージの通知。不審に思いながらもタップしてそれを開く。すると、信じられない文字が躍っていた。

「こんにちは。明日香です。今日はどうもでした。澤木に連絡先聞いちゃいました。今後ともヨロシク☆」

ふざけた絵文字に彩られたメッセージに、私は無性に怒りを覚えた。

ダメだ、やっぱりあんな男、信用ならない。私は唇をぎゅっと結んだ。あんな男についていったことで、政博を裏切ったような気持ちになり、私は罪悪感に苛《さいな》まれた。

マンションに着くと慌ててエレベーターに乗り込み、五階のボタンを押す。早く政博に会いたかった。エレベーターが五階に着き、扉が開くと急いで自分の部屋を目指した。角を曲がった瞬間、私はすぐに気がついた。廊下の突き当たり、左側にある五〇五号室の扉の前に、誰かが座っている。

「政博!!」

私は驚いて駆け寄った。

「どうしたのこんなところで！」

「いや……家の鍵を持って出るの忘れちゃってさ。参ったよ」

そう言うと彼は、疲れた顔で苦笑いを浮かべた。少し顔が青白く見えた。

「連絡してくれたらすぐ帰ったのに！」

私は思わず言ってしまった。これじゃあ遊んでいましたと言っているようなものだ。

私は誤魔化すように慌てて玄関の扉に鍵を差し込む。

「仕事だったんだろ。鍵を忘れたのは僕のミスだし、悪いなって」

「政博……」

　私は沈んだ気持ちで、真っ暗な部屋に入っていった。電灯をつけると彼の顔がはっきりと浮かび上がった。頬の張りがいつもより目立つ。目元が少し落ち窪んでいる。ちょっとやつれたのかな。私はすっと彼の肩に手をやった。

「政博、疲れているんじゃない？」

「ああ、うん。大丈夫。ごめんよ」

　私はレトルトのカレーを温めて出した。こんなものしかなくて、と私は肩を落として言った。しかし政博は、カレー好きだから大丈夫だよ、と苦笑いを浮かべていた。なんとなく政博が無理をして平静を装っている気がした。

　私と政博はダイニングテーブルで向かい合った。白い蛍光灯が私たちの顔を青くしている。

「ビールあるけど、飲む？」

「いや、今日はいい。またにするよ」

「仕事忙しいの？」

「うん」

「大変？」

「うん。だけど好きでやってるから」

「政博」

「うん？」

「あのね、話があるの……」

結局、昨日も言えなかった。ここで黙っていれば、政博から聞かれることはないかもしれない。だけど言っておこうと私は思った。

「明日香さんって知ってる？　今、東区役所に勤めているんだけど」

「あー……」と、少し視線を泳がして、

「あいつか。うん、よく知ってるよ。でも、君の口から奴の名前が出るとは」

彼は感慨深げに続けた。

「昨日と、それから今日、彼と会ったの」

緊張が私の喉を麻痺させるようだった。

「へぇ？　なんでまた」

「昨日飲み会だったって言ったでしょ？　その時にね」

「ふうん。……で、どうだった？」

「どうだったって？」

「おもしろい男だろ」

「う、うん。そうね」

「でも君には合わないだろうね」

私はそこでようやくため息をついた。政博はさっと立ち上がり、食べ終わったカレー皿をシンクで洗い始めた。

「どうしてわかるの？」

「そりゃ、あいつのおちゃらけた態度とか歯に衣着せぬ物言いとか、君からしたらふざけているようにしか思えないだろう。まぁでも悪いやつじゃないんだ」

「たしかに、なんだか不思議な人だったわ」

「そう、ちょっと変わった奴なのさ。人たらしって言うのかな。相手を翻弄《ほんろう》するんだけど、きちんとフォローもできる。僕には到底真似できない。おもしろい男だったなぁ、あいつは。僕も最近会ってないから懐かしいよ」

と、珍しく饒舌に語り、彼は穏やかなため息をついた。

不思議だ。彼とこんな話をするなんて。

彼は両手を動かしながら、少し笑って言った。

「話ってそれだけ？」

「う、うん」

「なんだ、もっと深刻なことかと思ったよ」

「ごめん」

私はもじもじしながらちょっと笑った。彼は疲れているはずなのに、私の分の食器

まで洗ってくれた。そしてポロシャツとジーンズを脱ぎ、シャワーに入るところで、

「葉子、明日って休みだよな？」

脱衣所から声をかけてきた。

「そうよ？」

彼の声が弾んでいるのが珍しく、私もなんだか嬉しくなり返事をする。

「じゃあ出かけないか？　午後から」

「もちろん、いいよ」

私の声もジャズピアノのリズムみたいに弾んだ。彼は安心したような顔をした。どこか連れて行ってくれるのかな。私はほんのりと温かい気持ちになり、いつもよりちょっと速い胸の鼓動を感じていた。

何も心配することなんてないのかもしれない。私は彼のむき出しになった背中を見送ったあと、ソファに身体を預けた。雨音が、心臓の鼓動のように私の耳を静かに叩いている。雨に降られたせいで、月は出ていない。濃密な夜の気配が静かに流れていった。

翌日。

私たちはお昼をすませたあと出かけた。

幸い雨は止んでいた。湿気だけは相変わらずだったが、出かけるのにはちょうどいい曇り空だった。

私たちはいつもの駅から地下鉄に乗ると、毎朝の通勤とは反対方面の、郊外にある東部の丘陵地帯へと向かった。乗客はまばらだった。エアコンによって冷やされた空気の匂いが、私に夏の到来を告げる。地下を出て、高架を走る電車。車窓の向こうには、あまり見慣れない緑の多い長閑《のどか》な景色が緩やかに流れていく。彼は私をどこに連れて行くつもりなんだろう。彼の横顔を見つめた。私の心は密かな期待に浮き足立っていた。

「どうしたの？」

電車が一定のリズムで揺れている。私の視線に気がついた彼が、ゆっくりとこちらを向く。大きな目、睫毛が瞬いている。私は少し笑った。

「ううん。最近忙しかったから。こういうの嬉しいなって」

「たしかにそうだね」

いくつかの駅を過ぎたあと、電車のアナウンスが終点を告げた。

「次は光が丘、光が丘、終点です。ご乗車まことにありがとうございました……」

「降りるよ」

「うん」

私たちは少し寂しげな風情のプラットホームに降り立った。風が頬を撫でる。終着駅というのは、なぜだか郷愁《きょうしゅう》を誘う。私は、まるで自分が果てしなく遠い地点まで来たような気分になった。たかだか隣町に来ただけなのに、不思議だ。

二人並んで駅の階段を降りると、目の前が開ける。片側二車線の道路が通っている。空に浮かぶ電線、街路樹の葉、そして瀟洒《しょうしゃ》な高いマンションの影。私はこの景色を知らない。

「もうすぐ着くからね」

「うん。どこに連れて行ってくれるの？」

「行けばわかるよ」

彼は優しく目を細めて、昔を懐かしむみたいな、とても穏やかな笑みを浮かべた。

政博との最初のデートの時もこういう風だったな。彼は私の知らない、街の片隅にあるとっておきの洋食屋に連れて行ってくれたっけ。

彼は見知らぬ住宅街をどんどん歩いていってしまう。私は辺りをキョロキョロ見渡した。もともと山だったところを切り崩したのか、どこを見ても傾斜が急だ。そして、周囲のどの家も上品で贅《ぜい》が尽くされている。斜面に這い蹲るように建っている赤や白、煉瓦色の豪奢《ごうしゃ》な邸宅を眺めながら、眼前に続く石畳を上っていく。そこかしこで、丁寧に剪定《せんてい》された庭の木々や、フェンスに誘引された蔓薔薇が優雅な景色を作る。アンティークな装飾が施された黒い門の奥の、秘密めいた邸宅。まるで、昔、母親に買ってもらったドールハウスがそのまま大きくなったみたいだった。

不意に、石畳の斜面を黒猫が横切った。鈴の音が聞こえる。おとぎの世界に迷い込んだような家並みに、私は思わずため息が出た。見上げると、坂道のずっと向こうには鬱蒼《うっそう》とした木々が茂っているらしい。どうやらこの丘は、住宅街を過ぎると森になっているようだ。彼は少し先で止まり、私が来るのを待っていた。

「凄いところね、ここ」

「この辺は昔からこうなんだ」

「とても素敵ね。でも住むのにはちょっと不便かも。こんなに坂が急だもん」

思わず自分の生活に当てはめてみた。毎日この坂を上り下りして通勤するのは厳しいだろう。私は彼の下に駆け寄って、それから後ろを振り返ってみた。駅から続いた道が、もうあんなに下に見える。

「はは、そうだね」

「どこまで歩くの?」

「ごめん、もうちょっとだよ」

私は大きく足を一歩踏み出して、彼の腕にしがみついた。

「置いていかないでよね」

「わかってるって」

彼は少しはにかんだ。

この小高い丘にある住宅街。昨日の雨でまだ濡れている足元から夏の気配が漂っていた。くっついて歩く私たちを迎え入れるような薫風《くんぷう》が吹いた。お気に入りの紺色のシフォンカットソーが汗ばんでいく。斜面の石畳にスニーカーの底が吸いついている。

今、自分の知らないどこかもわからない場所で政博と二人でいることに、私は満足していた。

「向こうだよ」

と、彼が指を差して教えてくれた。住宅街が終わった先に、空と森が重なっている。景色が開けていた。

「公園？」

坂を上りきると、小さな公園と小さな森があった。

私は思わず駆け出した。心が弾んだ。その高台にある公園は、まるで空中庭園のようだった。

私は公園の敷地の端まで駆けていって、空との境界である柵をつかんだ。柵を越えると傾斜の鋭い崖になっている。

凄いパノラマだ。家もビルもおもちゃみたいに並んでいて、向こうには私たちの住むマンションだって見える。ミニチュアの街がどこまでも先まで続いている。ここからは何もかも見渡せる、そんな気さえする。まどろんだ午後の空気と、鈍色の空、そして街……すべて、渾然《こんぜん》一体となっている。こんな景色を拝めるなんて思いもしなかった。

「きれい……」

私は驚嘆していた。

「ここは昔は山だった。それを切り開いたんだ。今その痕跡があるのはそこの神社だけだけどね」

そう言った彼の視線を追うと、公園との境を示す灌木《かんぼく》の先には蒼々たる森が広がっており、その向こうにちらりと赤い鳥居も垣間見えた。

私はふわりふわりと風に流されるように、公園を歩きまわった。小さな遊具、小さなベンチ、空の上を歩くようなこの場所。まるで世界から置き去りにされてしまった箱庭みたい……。

彼は黙って私の姿を見ていた。耳にかかる黒髪が、さらさらと風に靡いている。

やっぱり彼も昔のことを思い出して、懐かしんだりするのかな？

「どうして」

私は後ろ手に腕を組んで、彼に顔を向けた。

「ん？」

「どうしてここへ連れて来てくれたの？」

　政博は少し首を傾けた。切れ長の目が私を捉えている。彼は左手の森にひっそりと鎮座《ちんざ》する社《やしろ》のほうに顔を向けて、そっと呟いた。

「住んでいたんだ、子どもの頃。この近くにね」

「そうだったの」

　彼は公園をぐるりと一周するように、ゆっくりと歩いた。

「僕はここの景色が好きだ。春には花に靄、夏には眩しい日差しに陽炎《かげろう》、秋には燃えるような木々の紅葉、そして冬には雪、ここはいろいろな景色を僕に見せてくれた。そう、そして夜には、幾千幾万の星が、宇宙が、僕を呼んでいた。よく一人でここに遊びに来ては、今の君みたいに街を見下ろしていたんだ。前にも話したと思うけど、僕の両親は小学生の時に火事で死んだんだ。本当にあっけないことで……とても悲しかった。その後、親戚の家に預けられることになって……けど、そんな悲しく辛い気持ちもだんだん薄れた。人間はいつか死ぬ。それが遅いか、早いか……」

　彼は淡々と話した。

「過去にこだわることになんの意味もないんだ。僕らは今を生きている。この思い出の場所も、葉子、君と今一緒にいることで、もう過去のものではなくなった。僕はこれから先も、君と日常を過ごしていきたいんだ」

彼の目は遠いところに――この景色のどこかわからない場所に向かって投げかけられている。

「政博」

私はその瞳が、雲間から差し込む午後の日差しに照らされ、一瞬、銀色に輝くのを見た。

「君と見たかった。この景色を」

彼の眼差しは、私の気持ちにそっと寄り添ってくれるいつものものだった。

「うれしいわ」

私はふいに涙を流しそうになって、ぐっとこらえた。彼は決して私を遠ざけていたのではない。いつでも、いつまでも私と同じ位置にいてくれる……私はそう確信し、駆け出すと彼の胸に抱きついた。彼は右手でそっと私の肩を抱いた。

七

季節は一足飛びに真夏へと向かっていった。

私の日常は相変わらず平凡なものだった。変わったことといえば、携帯に明日香から妙なメッセージが届くようになったことくらいだった。内容は他愛のない雑談だったり、妙ちくりんな雑学だったり、得意らしいタロットカードの占いだったり……いずれも、はぐらかすような詩的なものであることが多かった。私は彼のことを相手にしなかったが、それでもなんとなく憎めないところがあった。

日々の細かいことに不満はあるけれど、当たり前のように政博がいてくれる、そのことが何より私を満足させた。彼が仕事の虫なのも変わりなく、一緒にいる時間もそう長くはなかったが、それでもどこか安心していた。私はあの公園に連れて行ってもらった日以来、彼のことを無理に詮索しようとは思わなくなった。明日香が言ったとおり、私は彼のことをすべて知っているわけじゃない。だけど、彼が一緒にいてくれる、どんなに遅くても私のところに帰ってきてくれることが私の幸せなのだ。

平凡だが、平穏な生活。

それが一番のはずだった。だが、ふとした瞬間、私の心の深層、奥底から、拭い去れない不安の色がひと匙《さじ》滲んでくることがあった。

どうしてだろう？　夏の締めつけるような暑さが、異常気象が、私を追い詰めるからだろうか？　それとも……。

七月が終わりを迎えようとしていた。私は定時に庁舎の自動ドアをくぐった。こうやって決まったことを淡々とこなす日々が好きだ。夢を追って周囲をあっと言わせるようなことをするより、今は決められたルーチンの中で生活することに安心感を覚える。それが私には向いているのだろう。

繁華街に溢れる帰宅を急ぐ人々の波を抜け、駅へ続く階段へと辿り着く。地下鉄のホームは気圧が高い。いや、科学的な証拠などないけれど、なんとなくそんな気がする。深く穿たれたトンネルの向こうから生ぬるい風が通り抜けては去っていく。ポーン、と甲高い警告音が鳴り響く。

ホームに滑り込んできた電車に、私は吸い込まれた。

電車に乗っても、この日常は何ら変わらない。流行の原色に身をつつむ若者、くたびれたスーツの会社員、学生、老人、同じ車両に乗り合うのは今日初めて会う人々ばかりのはずなのに、染みついた景色みたいに私の日常に刻まれている。まるで昨日とそっくり同じに見える。

もし、今ある世界が少しずつ狂っていったとして、私はそれに気がつくのだろうか。孤独な世界に生きる私たちは、果たしてそれに気がつくのだろうか。

地下鉄がいつもの駅に到着する。

外はまだ十分過ぎるほどに暑い。地上十数メートルにあるホームに慰めの風が吹く。一緒に電車を降りた人たちはとうに消え去ってしまった。

私はその場から足を踏み出すことを躊躇《ちゅうちょ》していた。彼もこの電車で職場まで通っている。たまには一緒に帰りたい……そんな甘えた気持ちが浮かんできたせいだ。桃色に染まる駅前のビルを眺めていると、もう次の列車が来てしまった。さっきの光景がそっくりそのまま再生される。知らぬ人たちの足取りが私を寂しくさせた。結局居場所もなく、私はいつものように家路についた。

閑静な住宅街の真ん中にあるマンション。

快適なその住環境。深い愛情、強い結びつき、縁……共同生活をするということは、そういったありきたりなステータス以上に大切なことがある。それは『相手のことを侵害しない』ことだ。人間は自分でも気がつかないところで自分の生活にルールを設けているものだ。それは良くも悪くもあるけれど、男女のみならず他人同士が生活を共にすることになる段階で、その見えない慣習《ルール》が白日の下に晒される。

自らが自らに課しているルールは、その人にとって大切なものであり、お互いを尊重するということはお互いのやり方を尊重することでもある。それなのに必要以上に相手のルールに干渉したり、無理に自分のルールに従わせようとすることは、諍《いさか》いと不和を生む元だ。一緒に住みだしてから仲が悪くなった恋人たちなど枚挙《まいきょ》にいとまがない。相手と自分のルールをそれぞれ大切にするためには、お互いが努力して、手を取り合い、譲り合い、調和しなくてはいけない。

一緒の空間を共有しながらも、私たちにはそれぞれの仕事、生活、人格がある。それを大切にしなければならない。恋人を愛しているならば当然のことだ。

——政博、私たち結婚しない？

彼は私がその二文字を口にする途端、言葉を濁《にご》すのだった。

——今は、まだ。

どうしてだろう？　結婚してしまえば、この共同生活が崩れてしまうのだろうか？　結婚していなければ、一緒にいたいという願いが未来永劫叶うのだろうか。彼は私と今一緒にいることが大切だと言った。じゃあなぜ？　私たちはこのままずっと一緒にいられるのだろうか？　少しずつ、少しずつ、離れていくことはないんだろうか……そんな疑念が時折、私の心の暗い淵に湧き上がる。

白塗りの瀟洒なマンションが見えてきた。今朝、彼と挨拶を交わしたマンション。

歩くうち、身体にはぐっしょりと汗が滲んできた。私は自分の家が近づくたび、何か妙な胸騒ぎを覚えていった。

（なんだろう？）

マンションまで数十メートルの地点まで来たところで、私は異変に気がついた。

私のマンションを囲むように、人だかりができている。それらの人々が意味もなく集まっているんじゃないことは明らかだった。私は足を速めた。マンションの入り口の前に不自然に集う群衆。胸騒ぎが強まる。

いったい何が起こっているの？

人々は一見深刻そうな顔でそれぞれ顔を突き合わせているが、眉を顰めながらも自身の興味を抑えられないでいることが見受けられた。それは目を背けたくなるほどの醜い顔だった。日常に起こった異変は、人の欲望を満たす最高の餌《えさ》なのだ。わらわらとマンションの前を勝手に出入りしている人々は、蜜壺《みつつぼ》を舐《な》めにたかる黒蝿と同等だった。

「どいてください！」

私は苛立ち、入り口の前に集う人たちの列をムリヤリ掻き分けた。背後からはけたたましいサイレンの音が聞こえてくる。

すると、同じマンションの住人と思われる中年の女が、横から声をかけてきた。

「ちょっと、そこで人が死んでるらしいのよ、いやぁね」

――人が死んでいる？

私はその言葉を無視して、どうにかマンションのエントランスのドアに辿りついた。そこに慣れ親しんだ光景はなかった。

まるでドラマのワンシーンみたいに、一人の男がうつぶせでそこに倒れている。人々はその男から距離を置きつつ、囲うように集まっていた。どうして誰も男を助けようとしないのか。答えは明白だった。倒れこんだ男の肌は青黒く、ぐじゅぐじゅに腐っていた。朝には何もなかったのに、なぜ急に腐乱死体が？　男の命がとうに果てているのは誰の目にも明らかだった。すでにどこからか、何匹もの黒蝿が集まってきている。

それは、私の消しがたい記憶を思い出させるものだった。

私は顔を覆った。込み上げてくるものをなんとか抑えたが、続けざまに耐え難い異臭が私を襲った。

嫌、嫌！　私は錯乱し、ひどく無残な状態で事切れている男とそれに集まる蝿、群集を、避けるように歩き、震える手でエントランスの扉を開けた。背後では人々が姦《かしま》しく騒いでいた。

全身から汗が噴出してくる。心臓が爆《は》ぜそうなほど動く。一階の右奥にあるエレベーターの前で、何度も何度も深呼吸をした。私の中に入り込んだ異物を吐き出したかった。見てはいけないものを見てしまったという気持ちでいっぱいで、全身の震えが止まらなかった。

機械音とともにようやくエレベーターが一階に着いた。エレベーターの扉だけは、私を静かに迎えてくれたようだった。棺桶《かんおけ》のようなエレベーターは何も言わずに階数だけをカウントする。もうすぐ部屋に着くというのに、動悸が治まらない。早く、早く。いつもは感じない焦燥が私を支配する。

五〇五号室にたどり着き、まずドアノブを握った。ガチャリ。ドアノブは私を拒否した。彼が帰ってきているならドアが開いているはず。今日に限って……そんなわずかな期待も打ち砕かれた。

バッグから鍵を取り出して重々しいドアを開ける。誰もいない、真っ暗な部屋。締め切っていた室内から熱気が漏れ出した。いつもならこの空気に嫌悪感を抱くのだが、今日みたいな日は部屋の中にいるのが一番安心だ。だけど、それでも私は無防備に部屋に進入する気になれなかった。まずは玄関と廊下の電気をつける。蛍光灯がパッと映し出す室内。艶めいた栗色のフローリングも、白い壁紙も、いつもどおり。うん、問題ない。続いて、廊下側から擦り寄るようにダイニングの電源にそっと手を伸ばし、スイッチを入れる。私は明るくなったダイニングの全体を見回した。何もおかしいところはない。さらにリビングの電気もつける。やはり室内に異常は見当たらない。衣類棚と本棚の下、ローテーブルの下、椅子の陰、床の隅から隅、そして、ソファの周囲まで、いっさい漏れがないように見て回った。すべてに異常がないのを確認して、ようやく胸を撫で下ろすことができた。同時にどっと疲れが押し寄せてくる。私はソファに身体を埋めた。傍らに落ちていたリモコンを手に取る。

「明日も全国的に夏日となるでしょう。それでは各地の天気を見ていきます。関東地方……」

ごく普通の日常。そこに入り込んでくる、どす黒い影。

目を瞑ると、まだ瞼の裏にあのうつぶせになった死体のイメージが蘇る。私は首を何度も振り、顔を両手で覆った。

――政博、早く帰ってきて。

そのまま、ドサリとソファに倒れ込んだ。

何時間かして、深いまどろみから少しだけ意識を取り戻した。

どうやらそのまま寝ていたらしい。私の身体はいつものベッドに寝かされていた。

ベッドに寝ている？

そうだ、私はソファで横になっていたはずなのに、いつの間にかベッドに移動している。どうしたんだろう。手足を動かそうとしたが、まったく力が入らない。マネキンのように硬直したままだ。

部屋は杳《よう》としていて、開け放たれた寝室の扉からうっすら青白い光が漏れているだけだ。

その時、ベッドの傍らに誰かが立っているのに気がついた。政博だった。黙ったまま佇む彼の顔は見えない。しかしそのシルエットは、たしかに彼のものだ。

「政博？」

私は彼が帰ってきたことに安堵しているはずだった。なのに、身体はベッドに磔にされたまま動かない。どうして？　今すぐあなたの身体に抱きつきたい。それなのに身体が言うことを聞かない。

彼は私の姿を見ているらしかった。

私はいまだぼんやりとした意識で、彼の唇の動きを追った。

何を言っているの？

彼は私に何か問いかけている。だが、私と彼との間に途方もない間隙《かんげき》が生まれてしまったみたいに、彼の声は小さく聞き取れなかった。

歯がゆい。焦らされているみたいだった。

わかんないよ。何を言ってるの？

私は彼の目を見た。彼の目は、いつかと同じように、闇夜の中で銀色に輝いていた。

彼は静かに後ろを向いた。そしてベッドから離れようとした。

待って、置いていかないで！

しかし、私はなんの抵抗もできなかった。波のように迫る深い眠りが、私の意識を鈍らせ、わからなくした。

八

翌朝、政博はいなかった。浴室に着替えた形跡があったから、昨晩この部屋に帰って来ていたことは間違いない。なのに、今朝になって彼の姿はなかった。冷静に考えれば仕事に行ったに違いない。だが、そうだとしても何か一言くらい欲しかった。

寂しさに打ちひしがれながらも、仕事に行くため朝食を食べようとした。そんな時、玄関のチャイムが鳴った。私は政博が帰ってきたのかと思い、慌ててドアを開けた。そこには年配の男が二人立っていた。彼らは警察手帳を見せ、昨日の腐乱死体の件で聞き込みをしているとのことだった。私は朝からその対応をしたために、余計にうんざりした気分になっていた。

「それでしたら、そこの右手にございます申請用紙にご記入ください。記入できましたらこの隣の三番の窓口にご提出願います」

カウンターの向こうで憮然《ぶぜん》とした顔で列をなしている区民に、もはや定型句となった言葉を一つひとつ並べ立てる。区役所での窓口の対応。簡単なようで、意外といろんな要望を言われたり、クレームを言われたりと、なかなか気の張る仕事ではあった。

私は、青白い顔のままで今日も仕事にやって来た。政博のことを考えていた。あの時、たしかに私の枕元に立っていたはずなのに。胸の奥に何かもやもやと、空にかかる濃鼠の雲みたいな、やりきれない気持ちが垂れ込めていた。

時計の短針が十二時を指そうとしている。そろそろ交代の時間だ。ふう、とため息をつくと、私は後ろを向いた。

「オネーサン、ちょっといいかな?」

少し鼻にひっかかる声だった。時間はぎりぎりいっぱいだったが、私はすぐにカウンターへと向き直った。

「はい、どうされましたか」

目の前にいる人物に唖然《あぜん》とした。

そこにいたのは、夏物のストライプスーツを着た茶髪の男。明日香だった。

「いやぁ、こんなところで葉子ちゃんに会うなんて運命かな」

「……はぁ、もう、そんなワケないじゃないですか」

私は脱力し、ため息をついて目の前に立つ軟派《なんぱ》男を軽く睨みつけた。

「そんなふうに睨んだら区民からクレームくるぜ?」

「わかってます！　あなたはお客さんじゃないですから！」

「えー、知らなかったの？　僕は中央区に住民票があるんだぜ。だから今日は私用で来たの」

彼はちょっと真剣な顔をして見せる。

「え、そうなんですか？」

「嘘だけどね」

明日香は満面の笑みでそう答えた。人を食ったような態度は相変わらずだった。

「……はぁ。からかいに来たなら帰ってください。私、今から休憩なんで」

私はもう馬鹿馬鹿しくなって、明日香に背を向け自分のデスクに戻ろうとした。

「葉子ちゃん、葉子ちゃん」

すると明日香は、私の頭越しに低く籠もった声でささやいた。

「なんですか？」

「気になってることがあるなら、きちんと誰かに話したほうがいいよ。無論、僕はその役目を買って出るつもりなんだけどね」

彼は私の顔をジッと見つめていた。彼の漆黒《しっこく》の瞳は……何か私の心の内を見透かしているようだった。

「もう、私仕事中なんです。冗談も大概にしてください！」

「まぁ聞いてよ。実はね、今日は君に渡したいものがあって来たのさ」

「……渡したいもの？」

すると彼は、ジャケットの内ポケットからスッと何か取り出し、私に差し出した。

「タロットだよ。『Wheel of Fortune』つまり運命の輪」

彼が右手に示した一枚のカード。中央に描かれているのは、名前の通り、煌びやかな黄金のリング。四隅にはそれを見守る天使、羽の生えた動物たち、そして悪魔……。

私は、虚を衝かれたような気持ちで、黙ったままそれを受け取った。

「これから君に訪れる運命は君にとって過酷で残酷かもしれない。だけど、安心していい。不運は永遠には続かない。幸運を掴むのは君次第だということ」

すっかり彼の話術に嵌まってしまっていた窓口の私のところへ、ちょうど真下さんがやって来た。

「朝倉さん、交代するわ。休憩入ってね」

「あ、はい。真下さん」

私は咄嗟《とっさ》に彼からもらったタロットをポケットに隠した。

「誰かと思ったら明日香くんじゃない！」

彼女はやっと彼の存在に気がついた。

「ねぇねぇ、なんの用事？」

「いやーチョットね」

真下さんは私のことはそっちのけで、窓口に立っている明日香と会話を始めた。昼休みで少し静かになった庁内に、彼女の黄色い声が響き渡る。

私はそそくさと自分のデスクに座ると、さっきのタロットをバッグにしまった。からかわれているのか、それとも真剣なのか。どういう意図なのか判別できない。それなのに、妙に胸に引っ掛かる。運命、か。私は何だかモヤモヤしながら昼食の弁当を広げた。ふう、とため息。どうしても昨晩の政博の様子を思い出してしまう。今までもちょっと不思議なところはあった。でも、昨日私の傍に立っていた時、何かこれまでとはまるで違った感じがしたのだ。

月明かりが反射し、銀色に光るまなざし、聞こえないその言葉……そのすべてがこれから起こる悪い兆《きざ》しのような気がした。

一度は帰宅したはずの政博が、朝になって霧のようにいなくなってしまったのも気がかりだ。普通に考えたら、私より早く仕事に行ってしまっただけのことかもしれない。でも、昨晩だって、今朝だって、私に何も言ってくれなかった。昨日の腐乱死体の事件といい、私の周りで何が起こっているというのだろう。じわじわと頭に暗い考えが湧き上がってくる。

いけない、いけない。まだ仕事中なんだ。こんなことばかり考えてちゃダメだ。

結局食が進まず、私は半分も食べないで弁当をしまった。

「朝倉さん、疲れてるの？」

ふいに話しかけられてビクッと身体を震わせる。

隣の澤木が、こちらの様子を不審に思ったみたいだった。

「え？　う、ううん。そんなことない」

私はしどろもどろだった。いつもの作り笑顔をしようとして、なおさら変な顔になっていた。

澤木は奥様に作ってもらったらしい弁当をがっついて食べていた。

「無理しちゃダメだよー、夏は体力使うしね」

「そうね」

「もうちょっと気持ちを楽にさ！　僕みたいに食べて忘れちゃえばいいのに」

そう言って、澤木はニコニコと笑みを浮かべた。私は苦笑いしつつ、ふうとため息をついた。たしかに澤木の言うことにも一理ある。澤木みたいに何事もおおらかに構えることができたらいいのに。

「幸運を掴むのは……私次第、か」

そうだ。昨日の死体騒ぎも、彼が今朝いなかったことも、ただの偶然。偶然なんだ。自分の捉え方次第で物事は変わるはず。悪いほうにばかり結びつけてしまうのは私の悪い癖だ。

帰り道、駅から続くいつもの裏路地。赫々《カクカク》とした夕日の残滓《ざんし》に照らされたビルの影。薄桃色に染まりゆく街並み。日が傾いてきたとはいえ、蒸すように気温が高く、街全体が蜃気楼《しんきろう》に包まれているようだった。私はハンカチで小刻みに汗を拭きながら歩いていた。わかっているのに、ふとした瞬間、昨日のおぞましい記憶が地上に残った熱気とともに蘇ってくる。私は一人で首を振っていた。嫌だ。あんなこと早く忘れたい。そしてこの暑さも、早く消え去って欲しい。

私は気を紛らわすように近所のスーパーに寄った。めったやたら食材をカゴに入れていく。今日は何かとっておきのものを作ろう。

――彼が帰って来ないかもしれないのに？

またもそんな不吉な言葉が浮かぶ。やめてよ、と思わず叫びたかった。

私は食材のつまったカゴを持ち、レジに並んだ。その間、おずおずとバッグから携帯を取り出して、一番多くメッセージを送っている相手を選択した。

『昨日はどうしたの？　料理作って待ってるからね』

政博からの返事を信じて、携帯をしまった。

大袋を抱えて、自分のマンションに戻って来た。

昨日の喧騒はすでにどこにもなく、時折オートバイの音が頭の後ろでするくらいだ。

そっと胸に手を当て、ゆっくりと息を整えながら、目の前のマンションを見上げた。聳《そび》え立つ白い居城。間違いなく自分の住む家だ。しかしその誇らしいはずの姿も、今はなんとなく不気味に感じる。強い西日に照らされた白いマンションの陰となった部分が、黒く深く染まっている。最上階のほうはすでに夕闇に隠れてしまい、ここから眺めることはできない。徐々に視線を下に戻していくと、壁面に沿って規則正しく並んでいる突き出したバルコニーと、その奥にある誰かの居室の窓が見える。煌々と灯りがついている部屋と、灯りのついていない部屋が対照的だ。灯りのついていない窓の奥は暗く翳《かげ》って何も見えない。そんな洞穴のような窓が、まるで異界への入り口であるかのように無言で口を開いている。慣れ親しんだはずの環境なのに、そんな光と闇のコントラストが禍々《まがまが》しいものに見える。

私はようやく覚悟を決めると、昨日地獄から這い出てきたみたいな男が倒れていたエントランスの前に立った。そこには、怖気を震う染みも、臭いも、すべて綺麗さっぱりなくなっていた。

きっと、あのあと警察が手早く処理したのだろう。私は少しほっとして、買い物袋を引き摺りエレベーターに乗った。

トマト、ナス、ピーマン、パプリカ、ズッキーニ、ニンニク、瓶詰めのローリエ、それからベーコンと白ワイン。みんな買い物袋から取り出し、鏡のように磨き上げたキッチンのシンク台に置く。エプロンをしてまな板と包丁を取り出す。

今日のメニューは夏野菜のラタトゥイユ。

前に作った時、政博がとても喜んでくれた。私はあえて凝った料理を作ることで、彼がこの部屋に帰って来ないかもしれないという不安を取り去りたかった。

野菜を洗い、丁寧に切る。分量を確認しながら、鍋で煮込んでいく。しばらくすると鍋から香ばしいトマトの匂いが漂ってきた。

おたまですくって一口味見する。うん、なかなかいい味になった。

ワインも冷やしておいたし、あとは……あとは政博が帰ってくるだけ。

すると、その時玄関が開く音が響いた。私は慌てた。慌てふためきながらも、鍋の火を消して玄関に走った。

「政博!!」

すっかり暗くなった扉の向こうから、彼はひょっこり顔を出した。真夏と彼の匂いが混じって、私の胸を締めつけた。嬉しかった。まるで、外国で遭難して行方不明になった人が誰にも告げずにこっそり私の元に帰ってきた、そんな気さえした。

「悪い、遅くなって」

彼は少し眉根を寄せて困ったような表情をしていた。後ろめたさというより、何から説明していいかわからない、といった種類の困惑に思えた。

最近髪を短く切ったこともあり、彼の顔の印象は少年のようだった。

私は何も言わず彼の身体に抱きついていた。そして彼の顔を見上げたが、彼はその黒々とした瞳を私から逸らしていた。

「ごめん」

彼は呟くと、目を瞑りそっと私の身体を抱きしめてくれた。私は口から出そうになった言葉をふいに呑み込んで、しばらく彼の胸に顔を埋めた。

「もういいのよ、ホラ、ご飯作ったから、早くお風呂入ってきなよ」

「うん」

彼はとぼとぼとバスルームに向かった。なんだかその後ろ姿がとても疲れているように見えた。

彼に何かあったらしいことは間違いないだろう。不満とか文句とかいろいろ言いたいことはあるけれど、今は黙っておこう。私たちは、蒼々たる海を小さなボートで別々に渡っているようなものなんだ。ちょっとしたことで、二人の間は遠く果てしないものになってしまう。彼の目はやましさからくるものではなかった。何かどうしても私には言えない事情があったに違いない。とにかく今はできるだけ彼に優しくしたい。

食事の支度を終えると、バスタオルで頭を拭きながらこっちに来る彼の顔が見えた。

せりあがった背筋、しなやかな上腕筋。それらが忙しく動くのが見える。髪の毛をしっとりと濡らした、優しくたくましい身体の人。

彼は部屋着に着替えながら言った。

「いい匂いだね」

「でしょ？　ラタトゥイユ作ったの。それに、今日はワインだって用意したんだから」

「そうなんだ？　今日はお祝いなの？」

ある意味そうかもしれないな、ふと思った。

私はダイニングテーブルを拭くと、丁寧に二人分の料理を盛りつけた皿、フォーク、そしてワイングラスを並べた。

「いいじゃない。最近二人でちゃんと夕食してないでしょ？」

「……ごめん」

「政博のことわかってるつもりだけど」

私は席について、頬杖をついた。

「ちょっと寂しかったの」

「うん……うん、もう少しで終わりそうなんだ」

彼は母親に咎《とが》められた少年のような顔をして、私の向かいに座った。実際には今の彼に母親はいない。父親も。兄弟だって。彼の身体を真に心配している人は、私以外に果たしているのだろうか。今、この目の前にいる彼の姿を守ってあげられるのは、私しかいないんじゃないのか。傲慢かもしれないけれど、私は強くそう思った。手放したくない。どこにも行って欲しくない。

「仕事？」

私は平静な振りをして、二人分のワイングラスに冷やした白ワインを注いだ。うっすら金色の透き通る液体がグラスを満たしていく。

「……前から聞こうと思ってたんだけど、何をそんなに熱心にやっているの？」

政博は鮮やかなオレンジ色のラタトゥイユをほお張ったまま、少し下を向いていた。そして、静かにワインを口にした。眉が少し動いた。彼は私のほうへ目を向け言った。

「今、ある画期的な薬の試験をしている。……もし、その薬が完成すれば、人類にとって希望となるかもしれない。人類を救えるかもしれないんだ……」

淡々と彼は言った。そこに戸惑うような様子はなかった。

「人類を救うって……」

「いくら現代の医療が発達したと言っても、人間の命はもろくて儚い。例えば人間にとって未知のウイルスが出現し、それを防ぐ方法がなかったとしたら」

私は息を呑んだ。

「あっという間に、人類という種が駆逐《くちく》されてしまうことだってないとは言えない。

だから僕の研究は、人間の命を守るために……」

私は、黙って彼の言葉に頷いた。これまで、政博の仕事については深く聞かなかった。それは私のような門外の人間がとやかく言えることはなかったし、何より彼が自分の仕事について確固たる信念を持っているのを知っていたからだ。私はそんな彼の気持ちを尊重したかった。

自分がごちゃごちゃ感情的な文句を言うことで、彼の思考を乱したくなかったのだ。だけど今にして思えば、それは私がただ彼の、私が知らない深い領域に踏み込むのを躊躇《ため》らっていただけなのかもしれない。

「そんなにすごい研究をしていたのね」

私はどこか脅えたような目をしていたのかもしれない。

彼はハッとして口調を穏やかにした。

「ああ。とにかく、もう少しなんだ。あの実験が臨床段階で成功すれば、明日にも迫る危機が解決するかもしれないんだよ……」

その時の彼は、何かに取り憑かれているみたいだった。天井から射す蛍光灯の青白い光によって彼の表情がありありと照らし出される。その超然とした容姿は、決して揺らがない信念によって行動している証のようであり、また大いなる神にその身のすべてを捧げる敬虔《けいけん》な信者のようだった。

こめかみに冷や汗が伝う。

それほどの研究をしていたの？

私にはわからなかった。信じられなかった。明日香は知っているだろうか。いつも素朴《そぼく》でどこか少年のような姿の政博。彼がそんな、聞いたこともないような凄い研究に携わっているなんて。いくら専門分野の研究だからって、そんな……。

鼻をくすぐるラタトゥイユの香り、口当たりのいい白ワイン。とりとめのない会話。そんな日常の風景の中に、私の中のある一つの疑問が混じっている。反響するように、私に問いかけてくる。

——お前は本当に彼のことを知っているのか。

そんな心の声が、私を追い詰める。

＊

気がつくと、私はまた赤土色の景色の中で、一人だった。

周囲を高い建物に囲まれた楕円《だえん》形の広場に、忘れ去られた影のようにポツリと佇んでいる。

広場、といったって何かあるわけじゃない。ただ無数の瓦礫が足元に散乱しているだけだ。周囲には、行く手を塞ぐようなビルの群れがいくつも聳え立っている。黒く色を失ったそれらのビルは、でたらめに天を目指し突き出ている。だが、空には蓋をするような赤錆色の重々しい雲がかかっていて逃げ場はない。空の色は、まるで人の血を啜ってぶくぶくと膨らんでしまったようだ。この光景は何をしてもこの世界から逃れる術《すべ》はないことを暗示していた。

閉塞感に押し潰されそうになりながら、私はゆっくりと歩きだした。どこからか、鐘をつくような反響音が聞こえてくる。ボーン、ボーンと、等間隔に私の脳髄《のうずい》を揺さぶっている。

ぐるりと辺りを見渡してみる。あるのは瓦礫の山と、朽ち果てたビルだけだ。それ以外にここに存在するものはない。誰かがいるような痕跡、人の営《いとな》みの証拠はない。すべてが、ただ荒涼とし退廃しているだけの場所。人間が、生き物がここにいるかどうかなど、期待するだけ無駄だと思わせる。私の存在ですらここでは矮小《わいしょう》な闖入《ちんにゅう》者《しゃ》に過ぎない。

いったい、ここはどこなのだろう？

一人呟く私の身体は鉛《なまり》のように重く、閉ざされた深海の底を漂っているみたいだった。

私は途方にくれていた。絶望していた。このまま芋虫のようにあてもなく歩き続けるのだろうか。

そうして瓦礫を踏み越えていくと一棟のビルが目の前に迫ってきた。

いつか見た光景。

垂れ込めた雲の隙間から伸びる赤い光が、その巨大なビルを不気味に浮かび上がらせている。

私は吸い寄せられるように、そのビルの袂へと向かった。

ビルの前には無数の人がいた。ある者はうずくまるように頭《こうべ》を垂れ、ある者は両手を天に掲げる。何やら祈りを捧げているらしかった。

「あの」

堪《たま》らず声をかけた。不気味だ。しかし、こんなところでも人がいるのだ。私はまったくの孤独ではなかったんだ。それが嬉しかった。

そこに集まっている人たちにもう一度声をかけようとして、身体が止まった。

私が人の姿だと思っていたのはただの幻だった。それらは一応人の輪郭をしているが、実際はただの赤黒い影だった。彼らは人ではなく人の残像に過ぎなかった。かつて生を刻んでいた彼らの痕跡がこの世界を漂っているのだろうか。何が彼らをこのような惨《みじ》めな姿にしたのかはわからない。とにかく、彼らを人間たらしめていたはずの肉体はとうに消え去り、今ではその輪郭さえも覚束《おぼつか》ない、人の形をしているだけの影になってしまったのだ。そして、その影たちはひたすら祈りを捧げ続けている。あの朽ち果てたビルに向かって、延々と。

　私はひどくおぞましい気持ちになった。逃げ出したい。早くここから。……だが身体はひどく重たいままで、このまま何もできずに果てしない地中の奥底に沈んでいってしまいそうだった。もしかしたらこの影たちも、そうやっていつの間にか身体を失ってしまったのかもしれない。

　すると、祈るのを止めた一人の影が、私に近寄り手を差し伸べた。ノイズ混じりの声が言う。

「王の……下へ……行かれ……るのですか？」

　影の放った王という言葉が、私の心に波紋を与えた。

「あの……王とはなんですか」

　私は立ち尽くしていた。影はもはや色も薄くなり透けてしまっていて、今にもこの景色と同化しそうなほどだった。

「この塔の上に……王がおわします。……あなたが求めるのであれば……王はあなたとお会いになるでしょう……。王もあなたが来るのを待ち望んでいるはずです……」

　そう言い終わると、影たちの姿がいっせいに消え始めた。霧散《むさん》するように儚く消える彼らに私は聞いた。

「ねぇ、待って！　王っていったいなんのことなの⁉　教えて、お願い」

＊

私はハッと目を覚ました。

深い闇が降りたいつもの寝室。ひんやりとしたシーツの触感が私を現実に引き戻す。奇妙な夢の残滓が冷や汗となって首筋を伝う。

隣には、身体を横たえた政博がいる。何事もなかったように、すうすうと寝息を立てている。起こさなくて良かった、と、私は下着姿のまま静かにベッドから出た。

とうに部屋は真夜中に浸食されている。リビングから音が漏れている。ふるふると頭を振りながら寝室を出た。政博が先に寝たあと、私はテレビをつけたまま寝てしまったらしい。ひんやりとしているフローリングが足の裏に吸いつく。リビングのテレビを消した。テレビから流れる試験放送のノイズが、私にあんな悪夢をもたらしたのだろう。私は頭をすっきりさせるため、冷蔵庫の扉を開けボトルの水を取り出すと、コップになみなみと注ぎ一気に飲み干した。水分が乾燥しきった身体を潤《うるお》し、再び血が巡りだした気がした。うん、と伸びをすると、私はベッドに戻った。

月明かりさえ忍び込まない、暗い夜だ。分厚い専門書がびっしり並べられた書棚、お気に入りのワードローブが並べられたクローゼット、観葉植物にテラリウム、壁かけの絵画。この部屋にある何もかもが混ざり合い、暗黒の水の底へ融けていくような……私たちの存在も物質も光も空気も何もかもが、暗闇に融けてしまうようなそんな夜だった。

白い壁紙のほうを向いて寝ている彼の背中。一糸纏わぬ姿の彼の背中。それは広くてつかみどころのない宇宙のようだった。

私は悪戯に、そっとその背中に手を沿わせた。背骨の美しい曲線に合わせて。だが、その背中は鉛のように冷たかった。どうしてだろう。私はぞっとした。彼の背を汗が伝って流れる。

「ごめん、葉子……」

彼がうなされるように言った。私は慌てて手を離した。

「起こしちゃった？」

しかし彼はそれ以上何も言わなかった。

再び、静かに寝息を立てている。真夏の夜の熱気とは真逆に、私の心の中を凄涼《せいりょう》な風が吹き抜けていくようだった。

九

七月二十四日、金曜日。デジタルのアラームが丁寧に曜日と時間を告げている。目覚ましの音で朝のろのろと起きだした私は、リビングで大きく欠伸《あくび》をした。結局あのあと、うまく寝つけなかった。

熱帯夜のせいなのか、それともあの妙な悪夢のせいなのかわからない。

寝室のほうを見遣れば政博はまだ眠りこけている。今日は久しぶりに休みをとったらしい。ここのところ一日も休まず働き続けていたんだ。無理もない。私は彼と話せないのが寂しかったが、今日も仕事は休めない。

部屋の空気は朝だというのにすでに生ぬるい。今日も外はさぞかし暑いのだろう。私はリビングのクーラーを入れて、ダイニングテーブルに座り、新聞を横目にトーストをほお張った。世の中では何か恐ろしい事態が起こっているらしかった。紙面には「原因不明。不審死、今週になって相次ぎ二百件、全国で」というおどろおどろしい言葉の列が極太の書体で躍っていた。

最近、全国各地で行き倒れのように急死する人が増えている。それも噂《うわさ》では、急速に腐り果てて死んでしまうという、俄《にわ》かには信じられないようなことまで囁かれている。そんなことあるはずない。あるはずないのに、今はそんな荒唐無稽な噂さえ、私にとっては、嫌な記憶と現実感とを伴って否が応でも思い出されるものだった。あの、マンションの前で醜く腐って死んでいった男……。

ぶるぶると頭を振る。まったく、朝から嫌な気分だ。政博のこと、悪夢のこと、それから世の中の異様な雰囲気が、少しずつ私の精神の均衡《きんこう》を崩していく。

身支度を済ませたあと、私はリビングの窓を開けベランダに降りると、グラミスキャッスルに水をやった。相変わらず、薔薇はいくつもの優雅な大輪をつけて咲き誇る。はらはらと散った白い花弁さえ、一切の穢《けが》れを知らないようだ。凄艶《せいえん》なまでのその姿、楽園を彷彿《ほうふつ》とさせるような懐かしく芳《かんば》しいその香りは、今この世界を覆う不穏な空気とは一切無縁のようだった。あなたはいいわね、思わず呟く。

ベランダの鍵を閉めると、「行ってくるわね」とベッドルームの彼に声をかける。が、返事はない。少しのため息を連れて私は玄関のドアを開ける。

十一時を過ぎても、区役所を訪れる人はまばらだった。空調の無機質な音が静かに響き、市政をアピールするイメージビデオの映像が空々しく流されている。

区役所内の様子は至ってフツウであり、いつもより区民の姿は幾分少なく感じるが、それでも、ごくありきたりな日常の風景とさして変わることはない。

人間というものは、自分に直接関係することでも起きない限り、それまでどおりの生活を続けるものなのだ。今回の不審死事件にしたって、ここ数日続く近年まれに見る酷暑が原因の、熱中症による死亡事故であるとする向きが多い。

区役所の所員は朝からおおわらわだった。都市部である中央区役所の管轄《かんかつ》内には、以前から多くの路上生活者が繁華街や高速道路の高架下で生活しており、社会問題となっていた。そして今回の不審死騒動の多くは、そういった路上生活者を中心に多く発生しているらしかった。今日も、民生課の所員や、区役所に併設している保健所の所員は、警察からの要請もあり、ほとんど朝から出ずっぱりの状態だった。現場に立ち会った職員によると、遺体の状態からして、とても熱中症とは思えないらしい。一言で表現すれば、まさに白昼に出現したゾンビそのものだったとか。

私は、その現場に立ち会ってはいないが、先日のマンション前の事件のせいで、現場に駆り出された同僚たちが口にするおどろおどろしい言葉に、妙に納得してしまうのだった。

こうして、多発する不審死事件に関連した人員不足を補うため、私は朝から窓口に立ちっぱなしだった。

忙しいが、他の同僚たちのことを思えば文句など言えない。不審死の現場につき合わされるより、ここにいるだけのほうが何万倍もマシだ。脳裏には、まだ忘れたくとも忘れえない、あの、ぐずぐずに腐った醜く朽ち果てる途中の亡骸《なきがら》が、リアルに浮かんでくるのだから。

わずかな吐き気を感じた。あのことがあってから、そして、政博が頻繁に家を空けるようになってから、どうも調子が悪い。私はぐるりと所内の様子を確認して、真下さんに交代を申し出た。寝不足のせいもあってか、足元がぐらつくような眩暈《めまい》を感じていた。

「朝倉さん、大丈夫?　夏バテ?」

「うーん、夏バテならいいんですけどね」

私は真下さんに苦笑いを返しつつ、窓口のカウンターから立ち上がると、急いでお手洗いに駆け込んだ。洗面台に上半身をついて、鏡の向こうに映る自分の姿を眺める。仕事用の眼鏡に、寝癖一つない黒髪、痩せた身体、アイロンのきいた半袖ブラウスに細いスラックスパンツと、いつもどおりの格好だったが、目にはメイクで誤魔化せないくらい大きくて深い隈が刻まれていた。これじゃ自分こそ幽霊みたいじゃないか。

——王もあなたが来るのを待ち望んでいるはずです。

あの悪夢のフレーズが、頭の中でリフレインしている。その言葉の意味はわからないのに、妙な訴求《そきゅう》力を持ったまま、私の心に去来している。

何よ。ただの夢の話じゃない。夢見が悪いというだけで追い詰められているなんて、我ながら情けない。

十二時が過ぎ、区役所もどうにか落ち着きをとり戻してきた。隣を見れば、同僚の澤木が椅子からはみださんばかりに肥満体の身体を椅子にめり込ませて、ガツガツと弁当をかきこんでいる。クーラーが効いているのに、額には玉のような汗をかいている。

しかし、今ばかりは澤木になりたいと思った。すると私の視線に気がついたのか、彼が話しかけてきた。

「あれ？　お昼食べないのかい？　身体に悪いよ！」

澤木は普段どおりの呑気《のんき》さだった。あなたの奥さんはさぞ気楽でしょうね、と心中で呟いた。

「……いいのよ。食べたくないんだから」

「そう言ったってさ、倒れちゃうよ？」

と言って彼はトドみたいな身体を屈めて、おもむろにバッグを漁《あさ》ると、あんパンを取り出した。そしてそれを私のデスクの上にポフッと置いた。

「食べなよ！　これ今日買ったんだけど」

「今日って、澤木お弁当食べてるじゃない」

「ハハハ、ちょっと足りなくてさ。奥さんが作ってくれるの、ウマイんだけど、すぐになくなっちゃうからなぁ」

そう言って澤木は大口を開けて笑った。彼の突き抜けたような朗らかさに私は感服していた。

私がこの人みたいにもっと柔和《にゅうわ》でおおらかだったら、こんなにも苦しまなかったのかな。もっと政博にも優しくできるのかな。

そんなことを思ったら、こめかみがじんじんと痛くなった。

「気持ちは嬉しいけど、澤木、ごめん」

そう言って、私はパンを投げるように渡して、スタスタと玄関口のほうへ向かった。

「おーい、朝倉くん、ちょっと……」

澤木の呼びかけに続いて、後ろから同僚たちの声が聞こえてくるが、私はそれを無視して外へと飛び出した。

庁舎の前の無防備なアスファルトに夏の日差しが降り注ぐ。蒼茫《そうぼう》たる空は、この地を這う自分を見えない重力で押しつけているようだった。もしかしたら、夏という季節はどこかで地獄と通じているのかもしれない。地上を這い回る生物たちは、誰もこの責め苦に太刀打ちできない。この夏の炎にジワジワと命を削り取られている。

ふと見ると、軒先のアスファルトに蟬《せみ》の死骸が落ちていた。体を縮こませて絶命している。この季節が来ることを待ち望んでいたはずの蟬でさえ声を失っている。カラカラに渇いていく喉。滴《したた》り落ちる汗。この蟬みたいに、体が腐り干涸びていくのも、無理のないことだ。ああ、なんて哀れなのだろう。私もあんな風に死んでしまうのかしら。太陽がなければ私たちは生きていけないのに、今はこの澄み切ったコバルトブルーの空から照りつけるその太陽の輝きが、忌《い》むべき象徴のように感じる。地獄の王。もしそんな王がいるのなら、こんな世界を望むのだろうか。

結局、その日は仕事が終わるまで気持ちの悪さが拭えなかった。私は両手で頬を打った。もっとしっかりしなくちゃ。

最寄り駅で降りて、いつもの道を家に向かって歩く。夕方ともなれば、幾分暑さも和らいでくる。しかし、快適というにはほど遠く、真夏の空気がじわじわと私の首に手をかけている。私は頭から顎《あご》に沿って滴る汗を拭いながら、赤々と激しく燃える夕日に照らされた街の姿を眺めていた。陰影が深く刻まれたビル。空を走る黒い電線。私を追い越す自転車。点滅する誘蛾灯《ゆうがとう》。シャッターの閉まった商店。路地裏に消えるやせ細った野良猫。

いつもと変わらないはずの街の景色なのに、私はまたも言い知れぬ不安に襲われた。

これから、何かおぞましいことが起こる気がする。ただの気のせいのはずなのに、この恐怖感の正体は何？

足を速めた。とにかく、家に帰ろう。安住の住処《すみか》へ。立地条件のいいあの清潔なマンションへ。今日は政博もいるはずだし、大丈夫。気持ちを落ち着ければ、狂った歯車も元に戻るはずだ。私の神経がこんなにも過敏になっているのは、ただいろいろな偶然が重なったからに過ぎないんだ。

エレベーターがいつものように私を五階へと運ぶ。五〇五号室の前に辿り着くと、急いでチャイムを押した。

だが、帰ってきたのは空しい沈黙だった。

私は恐る恐るドアノブに手をかけた。扉には鍵がかかっていなかった。中に閉じ込められた蒸し暑い空気が、堰《せき》を切ったように飛び出してきた。

（あれ？）

おかしい。おかしい。政博がいるならクーラーが効いているはずだし、出かけているのなら鍵がかかっているはず。

私は自分のほの暗い影とともに家に入った。

ひっそりと静まり返った廊下。その先のリビングに、誰かの息遣いは聞こえない。

呼吸が速くなる。そこにあるのは自分の吐息だけだ。

「政博!!」

思わず政博の名前を呼んだ。そこには誰もいない。気配すらない。

窓の外を見ると、熟れすぎた果実のような太陽が、その身をビルの隙間に埋めようとしている。

動悸が激しくなる。私は何度も、なくしものを探すみたいに部屋中を見て回った。冷静になれば、いくら彼が休みだとはいえどこかに出かけているだけ、ちょっと職場にでも行っているのかもしれない、と思うこともできただろう。だが、その時私は、彼に今生《こんじょう》の別れを告げられたような錯覚に陥ってしまっていた。

彼は、もうここには帰ってこないのではないか。

その疑念が私の心をがんじがらめにして、呼吸をすることすら妨げるようだった。

私は抜け殻のように茫然としながら、バスルームの扉に手をかけた。何の音もしないのだから、ここに彼がいるはずがない。そんなことはわかっていた。だけど……。

――どうして私から逃げるの?

頬をいく筋も涙が伝っていた。私はバスルームの扉を開けると、その場にへたり込んでしまった。その時、目に白いものが飛び込んできた。

彼のシャツだ。

いつも着ていた彼のお気に入りの長袖のシャツが、彼の遺骸のように、薄暗い浴室の床に落ちていた。

慌ててそれを拾い上げると、ぎゅっと抱きしめた。

待とう。きっと帰ってくるはずだ。この家には彼のものがたくさんある。あの人が何もかも残したまま、いなくなるはずがない。

私は着替えもせずに、抱きしめていた政博のシャツを、そっとダイニングテーブルの彼の指定席の背もたれにかける。それから、冷蔵庫の中の飲みかけの白ワインと、ソーセージ、ジャガイモを取り出す。

私はジャガイモが蒸しあがる前から、白ワインを飲みだした。アルコールの刺激が喉を刺し、一瞬吐き出しそうになる。それでも私はグラスに注がれた白く濁りのないワインを飲み干していく。こうでもしなければ、この気持ちを紛らわせそうにない。

政博は帰ってくるに決まっているじゃないか。だけど心の片隅で、このまま彼に会えないんじゃないか、という疑念も消えない。

蒸しあがったジャガイモにバターをのせ、フォークで突き刺す。ソーセージとワイン、それからジャガバターは彼の好物でもあった。しかし、私の向かいに座った彼のシャツは黙ったままだ。私は自棄になったまま、ソーセージにフォークを突き刺し、勢いよくほお張る。瞬間脂が滴り、艶めいた表皮が小気味いい音を立てる。肉汁が口内を満たしていく。それを洗い流すように白ワインを飲み干す。

リビングのテレビから流れるニュースは、例の不審死の話題で持ちきりだった。

私の知らないところで、世の中は変異をしていた。それは目に見える形じゃなくて、徐々に私たちを蝕んでいくものだった。ある人は突然身体を腐らせ、ある人はそれを好奇の目で眺める。人々は「自分だけはああならない」という後ろ暗い優越感を抱きながら、この異様な世界の上辺を漂っている。

政博の心も、いつの間にか変わってしまったのだろうか。それとも、もとから私が彼のことを知らないだけだったのだろうか。私は彼と一緒にいることに安心し、慢心して、本当は彼の一番深いところに触れるのを恐れていたのではないだろうか。私は、自分の弱さを彼に預け、ただ彼に甘えていただけなのではないだろうか。

そう考えていると、もう二度と彼に会えないかもしれない、という絶望的な気持ちがまたせりあがってきた。

あふれ出る感情を止められなかった。とめどない涙がアルコールで上気した頰を伝わり落ちる。雫が、ワイングラスに波紋を作っては、消えた。

＊

……ブゥン、ブウゥゥゥン……。

何かの音が聞こえる。音の波が部屋中を支配している。

苦しい。身体中が焼き尽くされそうだ。

真っ暗な室内。私は混濁した意識を揺り動かし、立ち上がろうとした。だが、耳を劈《つんざ》くような音、異臭、そして身体の不快感、正体のわからないそれらすべてが渾然一体となって襲いかかってくる。それは猛烈なスピードで私を侵食しているらしく、私はまったく身動きができなかった。自分がどこにいるのか、何が起こっているのか、それさえわからないほどだった。とにかく自分の身体が自分のものでなくなってしまった。そんな感じがする。

いったいどうなってるの？　身体を駆け巡る異様なむず痒《がゆ》さ、それに、この何かをすり合わせるような音……臭い……。

私はむず痒さに耐えられず、両手を見てみた。

我が目を疑った。

そこには黒々とした大きな蝿が肌を埋め尽くすようにうじゃうじゃと、数え切れないほど蠢いていたのだ。

もはや声にならない。錯乱し、慌てて両手を振り払うと、それらは、大きな羽音を立てて飛び立った。だが、悪夢はまだ始まったばかりだった。

地獄の底から漏れる呻き声のような羽音が両耳を埋め尽くす。また、鼻がちぎれるほどの異臭も私の脳髄を襲っていた。そして、よくよく目を凝らしてみれば、身体中が黒い小さな影に、一片の隙間も見当たらないほど埋め尽くされているではないか。

私の肌を蠢く真っ黒い衣裳。信じがたいことに、それを形作っているのが、すべて黒い蝿だったのだ。私は力の限り叫んだ。叫んで叫んで叫び続けたが、誰もその声に気がつく者はいない。そのあまりのおぞましさと気味悪さ、不可解さに発狂しそうになった。

さらに、その間にも業火に巻かれるような激しい苦痛が全身を襲う。それは今まで感じたことのない危機感と焦燥感だった。人という生命としての危機だった。私は死に物狂いで、蝿の大群を振り払った。だが、振り払っても振り払っても、蝿はこちらのほうに集まってくるようだった。彼らは大声をあげる私の口の中にまで侵入してこようとした。

私はもはや声をあげることすらできず、絶望のまま自分の掌を見た。

その時初めて、この事態の意味に気がついた。

自分の肌が、肉が、青黒く変わり、すでに骨さえ覗いているのだ。

ようやくわかった。この蝿たちは無闇に集まっているのではない。私の身体が呼び寄せていたのだ。そう、私もあの死体と同じになってしまった。気がついた時には何もかも遅かった。自分の身体は惨めにも腐っているのだ。ああ、なんてことだろう……。

空間を埋め尽くすような羽音を立て、幾万の数の蝿が私にたかり群がり続ける。私の腐った身体は、次第にただの黒い塊へと変貌していく。

――これが『死』なのだろうか。

そんな言葉が脳裏に過った、その時。

「葉子」

私を呼ぶ懐かしい声。

「葉子！」

声は強く私に呼び掛ける。私を求める声……？

「ま……さ……」

深海に溺れてしまったかのように身動きができず、呼吸すらままならない私は、それでもその名前を呼ぶ。

「政……博……どこ……？」

すると、懐かしい温もりが私を包んだ。両腕で私をきつく抱きしめてくれた人。悪夢に差し込む一筋の光。

「ここだよ、葉子。僕はここにいる。遅くなって本当にすまなかった。君は病に冒されている。人間の肉を、骨を腐らせ溶かす恐ろしいウイルスだ」

ぼんやりする頭を起こして、私は彼の言葉を必死に聞いた。

「すぐにこれを飲むんだ。この薬はこの恐ろしい病を治す特効薬だ。僕の研究所で作っていたもので、臨床試験もしてある。もう少しで完成だったが、研究所は閉鎖に……。僕はこれで人類を死から救いたかった。だが、もう時間がない」

意識すらおぼろ気で、蠟燭《ろうそく》の灯りのように今にも消えてしまいそうだった。私を死から掬《すく》い上げてくれたのはあの白いシャツを着た彼の両腕だった。彼は一粒のカプセルを取り出し私の口にそっと入れる。そして、手にしていたペットボトルの水を口に含むと、私に口移しで与えた。

「ん……」

彼に与えられた水はオアシスのように私を癒した。夢か幻か、はたまた現実か。まるで判別がつかない私の耳元で彼は優しく囁いた。

「葉子、これは最後の賭けだ。君を死なせたくない。死なせたくないんだ。本当は、君との生活を、君のいるこの世界を、僕は守りたかった。だが、僕にはもう時間がない。どうしても行かなければいけないんだ。許してくれ、葉子。僕は君を……」

十

眩しい。瞼の向こうに強烈な日差しを感じる。

私はハッとして目覚めた。

「夢……？」

慌てて自分の身体を見回すが、いつもどおりの私の身体で、わずかな異変すら感じられなかった。掌を握り開く。……腐ってはいない。

私が寝てしまっていたのは白いソファの上で、どこを見渡してもいつもと何も変わらないリビングがそこにある。カーテンの向こうの白い光。静閑。遠くで鳴り響く救急車のサイレン。何もかも普通の朝だ。朝日がこの部屋に潜んでいた闇をことごとく駆逐してしまったようだ。

「夢か……厭な夢」

私の身体には、いまだ、昨晩の異常な夢の感覚が残っていた。夢の内容が思い出されると共に、再び神経がざわついて波打つようだった。全身を蝿にたかられ、肉が腐り落ちていく感触。荒唐無稽な夢であるのに、目を閉じれば異様なリアリティとおぞましさが再現される。私は身体中を隈なく見た。腕、胸、腹、足の先……しかし、それはいつもどおりの私の身体そのものであり、一片の異変すら感じられなかった。

それと同時に、私に訪れた温もり。彼の温かい腕、そして……。私は唇にそっと手をやった。

「本当に……ただの夢だったの？　ねぇ、政博」

私はソファから立ち上がった。もともと白とブラウンを基調とした室内だったが、今日は天気のせいか、それとも夏のせいか、ますます白んでいるような気がした。そこにある当たり前の日常が、余計私の空白をはっきりさせた。私は無くした物を探すようにふとダイニングテーブルを見た。昨日椅子にかけたはずの白いシャツがなくなっている。

やはり彼はいない。この部屋のどこにも、政博の姿はない。

彼は消えてしまった。やっぱり嫌気がさしたんだ、私に。私はまたぼろぼろと泣き出した。小さい子どもみたいに、拳骨の裏で何度も瞼をぐしぐしと拭った。私は、ひび割れ、水がこぼれ出す容器と同じだった。

朽ち果てる私に薬を飲ませてくれた政博。さっきの夢だって、彼を求めるが余り私が見た幻に過ぎないのだ。

もしかしたら、腐り果てていったのは私の肉体じゃなくて心だったのか。中身だけ腐り果ててしまって、こうして身体だけが外殻として残ったのか。

私は涙を拭った。幸いにも今日は土曜日だ。仕事も休みだし、何かに追われる必要はない。いや、不幸というべきかもしれない。こういう時は別のことに意識を集中させて、この耐え難い空白から目を逸らすべきなのかもしれないから。

私はぼんやりとしたまま、ふと、無造作にソファに投げ出された通勤バッグから携帯を取り出し、政博の勤める会社に電話をしてみた。

ツーツー……コール音がしない。

携帯の画面を見る。圏外のマーク？　どうしてだろう？　停電でも起きてるのかな。

私は腑に落ちないものを感じたが、それよりも今は自分を支配する虚無感のほうが大きかった。夢の中の彼に会えても、現実の政博はここにいないということに変わりはない。もし、私のことが本当に大切なら、心配なら、きっと今にでもドアを開けてくれる。廊下を通って、私の下に来て、ぎゅっと抱きしめてくれる。そんな風に考えていると、また悲しくなった。結局、こうやって彼の存在に依存しているから彼は出て行ってしまったんだ。私は項垂《うなだ》れた。そして、もう一度ソファに座りテレビの電源を入れた。

しかし、不思議なことに液晶画面には延々と砂嵐が流れていた。リモコンでどの局に変えても結果は同じだ。

——故障かな。

こんな時に限って。しかし、電話も繋がらないし、妙だ。何かが起こっている？

無性に胸騒ぎを覚えた私は、大きく深呼吸をして不安を打ち消すように立ち上がると、浴室に向かった。昨晩はワインを飲んだ勢いで寝てしまった。風呂にも入らず寝るなんて我ながら自堕落だ。これじゃあ蝿にたかられてもしかたないじゃないか。

キャミソールとショーツを脱ぎ捨てて、浴室に駆け込み、シャワーのコックを捻《ひね》った。熱いシャワーがこの身体にこびりついている汚れ、そして不安をすべて洗い流してくれるように思えた。

シャワーを浴びたあと、浴室から出て濡れた髪を拭いていると、かたり、とリビングの向こうから小さな音がした。

身体がびくつく。

——なんだろう？

私はバスタオルを巻いたまま恐る恐る歩き、リビングからベランダを覗いた。

窓ガラスが開いている。ベランダの向こうには突き抜けるような真夏の青い景色。そこへ、ひらりと一枚、黒く艶のある羽根が舞い落ちてゆく。コバルトブルーの青に黒がよく映える。私はホッと胸を撫で下ろした。なんだ、カラスが飛び去っていっただけじゃない。

そう思って身体を翻《ひるがえ》した、その時。

リビングの入り口に、スーツ姿の男が立っていた。

すらりと背が高く、首筋まで伸びた茶髪の巻き毛、甘ったるいその表情。あまつさえ腰に手を当てて、優雅な風でいる……その見覚えのある姿。

「きゃあああああっ！」

私はあらんかぎりの叫び声をあげた。幻覚、もしくは私の妄想でなければ、それはあの明日香に他ならなかった。

「あはは、いやぁ、まさかこんなところで君のヌードが見られるとは」

明日香はまるで悪びれる様子もなく、ちょっとはにかんで言った。私はうっかり放したバスタオルを慌てて拾いなおし、頭に血を上らせて叫んだ。

「変態！　変態っ！」

突然の侵入者に向けて、クッションやら雑誌やらリモコンやら、とにかく辺りかまわず投げつけた。私は涙を流していた。なんだかわからないけど悔しかった。

「イテテ、待ってくれ、違うんだ」

「何が違うのよ！　いったいどういうつもりなの⁉」

私は必死にバスタオルで身体を隠しながら、肩で息をしつつ捲《まく》し立てた。

「まぁ落ち着きなよ。何も取って食おうってワケじゃないんだ。僕はね、君のことを助けに来ただけさ。どっかの誰かさんの代わりにね。ねぇ、君、困ってるだろ、今」

彼は臆面《おくめん》もなく言ってのけた。それは、鋭いナイフのように私の急所を突いた。

「……どういう意味？」

心中では、どうしてわかるの、と呟いていた。私は張り詰めていた緊張の糸が切れたのか、自分の恥ずかしい姿も気にせずにその場でへなへなと座り込んでしまった。するとと明日香は、舞台の役者みたいな足取りでこちらへ来たかと思うと、私の前で膝をついてしゃがんだ。

「一人で困ってるんでしょ？　それなら僕が助けになるよ？」

しゃがみこんだ彼は、まるで子どもでもあやすように続けた。今の私は、ぐずって泣いている子どもと大して変わらないのだから仕方ない。

「どうしてマサが出て行ってしまったのか。知ってるなら教えて。誰でもいい。たとえ僕のようなペテン師でも。君はそう思ってるはずだ」

彼は少し骨ばった艶やかな長い指で、そっと私の頬に流れた涙を拭った。

「明日香……さん」

どうして彼が目の前にいるのか、なんのためにここに来たのかわからない。だけど、たしかに彼は政博の名前を口にした。今はこの人に頼るしかないのかもしれない。

彼は涙を拭ったその手で、私の、だらりと床に下りていた右手を握った。

「知りたいんだろう？　マサのことを」

彼の諭《さと》すような、愛でるような言葉に、私は耐えきれなくなって、明日香の身体に飛びついた。

「よしよし。いい子だ」

彼はそっと私の濡れた黒髪を撫でた。それは私の暗い心の内から浮き上がってきた澱《おり》を、静かに掬うような感触だった。

幾許《いくばく》か経て、私はようやく冷静さを取り戻すと、彼の身体から離れた。途端に顔から火が出そうになった。こんなみっともない姿を晒《さら》け出した自分がとても恥ずかしかった。

「んー、そうだな、とりあえず着替えよっか」

私は即座に首を縦に振った。明日香は立ち上がるとパッとこちらに背を向けて、廊下のほうに歩いて行った。私は寝室に駆け込んで、慌てて真っ白なカットソーとデニムに着替えた。そして小声で彼を呼んだ。

「終わったかい？　僕としてはもうちょっと見てたかったけど」

くしゃくしゃと頭を掻きながら、彼は相変わらず人を食ったような表情で私の前に立った。

「あの、さっきはごめんなさい取り乱して……。でも、びっくりして……いったいどうしてここがわかったの？　それにどうやって入って来たの？　……鍵だってきちんとかけてたはずなのに」

「鍵、か。そんなもの僕にかかったらなんの意味もない。まぁ魔法みたいなモンかな」

そうやって彼は人差し指を立てて見せた。

「ま……魔法？　ふ、ふざけてるの？」

「ふざけてなんかないさ。ところで、君、今日が何月何日かわかるかい？」

「え……？」

私はハッとして言った。

「七月二十五日……でしょ？」

すると、彼はどこかしたり顔で、まるで口笛でも吹いているみたいに軽い調子で答えた。

「ふふ……やっぱり。君、まだ起きたばっかりで混乱してるね。今日はねぇ、『八月一日』なのさ」

「は……？　いったい何言ってるんですか……昨日が七月二十四日だったんですよ！　それがどうして……一晩で一週間も経つわけ……」

その時、私の脳裏にはっきりと昨晩のあの夢がフラッシュバックした。激しい苦しみをもって朽ち果てる身体、それを救ってくれた政博のキス……もしかして、あの妙に鮮烈で生々しいあの夢が関係しているの？　私は途端に明日香に反論する自信を失ってしまい、口をつぐんだ。

「ふーん、やっぱり思い当たる節があるんだ？」

「夢を……見たの。身体が腐って、蝿にたかられて……でもね、彼が、政博が私を助けてくれたの。……あの、馬鹿にしないでね？　その夢の中で私に口移しで薬のようなカプセルを飲ませたの。それで私は苦しみから、闇から救われた。もちろん夢だって思ってたわ。あなたから、私が一週間も眠っていたって聞かされるまでは」

ポツポツと、私は正直に話した。すると、明日香はリビングを歩き回って、何気なく窓の外を眺め、言った。

「政博が君のところへ来たのは夢じゃないよ。君に薬を飲ませたのもね」

「本当なの⁉」

私は思わず身を乗り出した。

「ああ、そうさ。だけどその話をする前に、今の状況を君も知る必要がある。ちょっとテレビをつけてみてごらん？」

「え？　でもテレビは」

疑いながらも、リビングのテレビの電源を入れる。さっきは砂嵐しか映らなかったのに、今度はちゃんと映像が流れた。

「……これも、あなたの魔法だって言うの？」

「ふふ、どういう風に思ってくれても構わないよ」

私ははぐらかすような彼の言葉をよそに、テレビを注視した。ノイズ混じりの中、内閣総理大臣が、緊急放送と称して何か話している。

「……政府は、本日、国家非常事態宣言を発令しました。現在、国内各都市各自治体におきまして、新種のウイルスによる突然死が激増する事態が発生しております。特に感染者の多い十五の自治体では都市封鎖を行っております。……原因については劇症を引き起こすAウイルスによるものと考えられています。このウイルスは異常発生している蝿を媒介《ばいかい》にしているとの情報がありますが詳しいことは不明です。……これ以上のウイルスの蔓延《まんえん》を防ぐため、国民の皆様には、なるべく屋内に留まることをお願い申し上げます。無闇な行動は危険です。冷静に、政府及び各自治体の情報をよく確認してからの行動をお願いいたします。繰り返します、本日……」

緊急放送は、無機質的に、要領を得ない内容を繰り返した。そして続けざまに、身体を腐らせた人が次々に病院に運ばれ野戦病院と化している様子、それさえ間に合わずに路上で倒れこむ人たち、さらに恐怖に戦《おのの》き、逃げ惑うようにパニックを起こしている様子が、映画のように映し出された。

私は思わず手にしていたリモコンを床に落としてしまった。ガラスが割れるような甲高い音と共に、そのまま床が割れ崩れ落ちていきそうな錯覚に襲われた。何これ？嘘よ。たしかに、近頃ずっと世の中に異常な気配が漂っていると感じてはいた。だけど待って、急にこんなこと……ありえないわ。そうよ、少なくとも昨日――私が眠りについたあの時――まで、普通の日常がここにはあったはずじゃない。まだ夢を見ているの？　それともこれが現実？　私は気が変になりそうだった。

「何が……どうなってるの」

「ま、見てのとおりだけど。何、簡単さ。人類は今まで体験したことがない未知の疫《えき》病《びょう》によって滅びようとしている。これまでまったく想定されていなかった未知のウイルスによる未曾《みぞう》有の爆発的感染拡大、パンデミックってヤツだ。このウイルスは、蝿を媒介にして物凄い速度で広まっていくんだ。そうだなぁ、もってあと一週間か二週間ってところか。地球上の人間はすっかり姿を消すだろうね」

彼はすらすらと、軽々しい調子で述べた。明日香だって人間であるはずなのに、まるで水槽の向こうから飼育している生き物を観察する傍観者のような超然とした態度と、場にそぐわないくらいあっけらかんとした口調の明日香。私は黙ったまま彼の顔を見つめた。彼の蠱惑《こわく》的な切れ長の目。そこに一切の揺らぎはなかった。冗談だと言って欲しかった。

熱射がアスファルトを溶かすように陽炎をつくる。私は言葉を失っていた。それでも彼は続きを言わない。決して冗談ではないことを私にまざまざとつきつけているみたいに。

私は頭をふるふると横に振った。政博、助けて。こんな時あなたなら傍にいてくれるって信じてた。どうして消えてしまったの？　どうして……。

沈黙がしばらく続いたあと、私は諦めたように言った。

「きっとあなたは何もかも知ってるんでしょうね。病気のことも、政博のことも。あなたはいったい何しに来たの？　無知な私のところへ嘲笑《あざわら》いに来たの？」

「それは誤解だよ。別に君をからかいに来たんじゃない。ただ……」

「ただ？」

「こんな状況で、どうして自分だけ一週間も眠っていたのか。愛しい女を残して政博はどこに消えたのか。知りたくないのかい？」

「それは……」

私は心臓を突かれたようだった。明日香は私の心などお見通しなのだ。彼は舞台役者のように大袈裟《おおげさ》に、私を丸め込むように言った。

「どのみち君たちに待っている運命は『死』だ。黙示録《もくしろく》にあるみたいに、蒼ざめた馬に乗った死神がやって来たわけさ。いいかい、葉子ちゃん。君が望むなら、このまま辛い現実をテレビの向こうの出来事として終わらせることだってできる。再び僕が眠りにつかせてあげよう。僕の『魔法』で、深い深い眠りにね。そうしたら自分の存在を揺るがすようなことを知らずに、優しい政博の夢だけ見ながら楽に逝《い》けるかもしれない」

　明日香はずいと私の顔を覗き込んできた。彼の黒いはずの瞳孔《どうこう》が黄みを帯びている。まるで悪魔の瞳みたいだった。しかし、私は怖けずに、胸に手をあて思った。今の私の望みは何？　人類を救うこと？　世界の崩壊から逃げること？　いいえ、違う――私の望みはただ一つ。

「明日香さん。あなたの意図は私には計り知れないわ。だけどね、私はもう呑気に眠っていたくない。知りたいの。ここで耳を塞いだまま……何も知らない、何もしないまま死にたくない。大切な人をちゃんとつかまえなかったことを、今死ぬほど後悔しているの。あなたが魔法使いでも、詐欺師でも、悪魔でも、なんだってかまわない。政博のことを知っているのなら、教えて！」

　彼の炯炯《けいけい》たる眼が少し緩んだ。そうかと思うと、突然顔に手を当てて高笑いを始めた。まるで新しい玩具を与えられた子どもみたいに。

「アハハハッ！　そうだよ！　その言葉が聞きたかったんだ。さぁ、僕が優しく手取り足取り教えてあげるから」

そう言って、彼はまた気安く頭を撫でるのだった。子どもを宥《なだ》めるみたいな仕草に、私は少し冷静さを取り戻して、勢いよく彼の手を振り払った。

「だからって触らないでください！」

「アハハ、君のそういうトコロ好きだぜ？　まぁいいや、じゃあ」

と言って、彼はベランダのほうを指差した。そして、一歩二歩、ゆっくりとベランダへ近寄っていった。

「見てごらん」

そうやって彼はベランダへ出ると、下を覗き込んだ。私はおずおずと彼の背中を見ていた。マンションの外には、相変わらず眩暈がするくらいの青空が広がっている。蒼穹《そうきゅう》には雲が悠々と浮かび、いつもと何ら変わらないように見える。

「何……？」

私は何気なく彼の横に立った。眼下には家々が、道路が、緑が並ぶ。何の変哲もない住宅街。まるきり普段どおりのはずの景色。本当に異変が、人間が死滅してしまうような事態が起こっているの。

すると、明日香は放心している私の隙をついて、そっと背中を押したのだ。

抵抗できなかった。次の瞬間、なぜか身体の重みがなくなってしまったみたいに軽くなった。とっさにベランダの柵に手をついたが、押し出された力に堪えきれず、そのままの勢いで私はボールのようにベランダの外へと放り出されてしまった。

「ああっ!!」

落ちる！

逆らうことができずに、真っ逆さまに地面へ――と思った時、小さな身体を支えるようにして、明日香が私に両手をかざした。すると不可思議なことに、私の身体は空を浮かぶように緩やかな速度で地面へと落下していったのだ。私は着地する直前でどうにか身体を反転させ、アスファルトへと降り立つことができた。彼はそれがごく当たり前の行為であるかのように、軽い段差を飛び越えたみたいに地面へと舞い降りた。

そこはマンションの前のいつもの小路だった。

「な、何が起こったの？　飛んだの？」

「大丈夫。これもちょっとしたマジックだよ。それより、見てごらん。この地上の有様を」

鼻の先を、一匹の銀蝿が物凄い羽音を立てて飛び去った。

どうしてこうなるまで誰も気がつかなかったのだろうか。驚くより何より、私の脳裏に浮かんだのはそんな言葉だった。

たくさんの人が、うずくまるようにしてアスファルトの上に倒れている。どの人も動くことすらできず、ただの青黒い塊、亡骸と成り果てている。それらの人々を形作っていた肉体は腐り、溶け、ほとんど生前の姿を失ってしまい、白い骨さえ露出していて、今となってはただの黒い染みに過ぎなかった。倒れた人たちには、あの夢の再現であるかのように幾万の蝿がたかり、また飛び去っていた。

直射日光がアスファルトに突き刺さる。太陽に照らされた白、影になった黒。生きていた人たち。あっという間に抜け殻になってしまった人たち。誰もいない街。今ここにあるのは途方もない空白。この世界を形作っていたあまりにも大切なものが、ごっそり抜け落ちてしまった。目の前にある景色は、もはやただの痕跡に過ぎない。

「夢で見た景色と同じだわ……そう……こんな……こんな不可解な……」

悪夢を見ているんだ。そう思いたい反面、明日香に見せられた現実が、あまりにも圧倒的に私を支配した。今まで自分の信じていたことすべてが崩壊するような空虚さが、私の全身を蝕んで食い尽くそうとしている。

私はその場でしゃがみこんでしまった。絶望が地上の低いところを漂い、足元を揺るがしていた。理解したくない。目を瞑っていたい。このまま時が止まって欲しい。

「ふ……やはり眠っていたほうが幸せかい？」

彼は簡単に私の心中を見抜く。追い討ちをかけるような熱射線が頭上から浴びせかけられる。アスファルトが私の足を焦がしている。

それでも私は、明日香の甘言《かんげん》を否定するように大きく頭を横に振った。

「いいえ……たしかに、こんなことが現実だなんて信じたくないし、認めたくもないわ。でも、いくら否定したって何も変わらない。逃げてるだけじゃどうにもならない」

私はすっくと立ち上がり、両手を見つめて言った。言葉とは裏腹に自分の身体が震えているのを感じていた。恐怖。今まで感じたことのない戦慄。そして、そこに差し込む一筋の光……。私はもう逃げたくない。そう、どんなに現実が残酷だろうと、政博、あなたに一目会うまでは……。

「私、あの夜きっと感染したんだわ。このおぞましいウイルスに。けど……死にかけだった私を政博が助けてくれた。そう、あの夜、政博が私の下に来てくれたから、私はまだこうして生き残っている。そんな気がするの」

私は必死に声を絞り出す。すると、隣に立っていた明日香は大袈裟に手を広げるジエスチャーをした。

「そう、まさしく君は一度は感染したのさ。もう少し遅かったら、君もその辺に転がってる彼らと同じ運命だったろうね。だけど、そこにマサが現れた。そして、一か八か兼ねてから彼が試験していた薬を君に試したんだよ。この病気に対抗する治療薬をね」

すらすらと、まるで傍で見ていたかのように優雅に喋る明日香。

「政博……でも、それならどうして？　どうして政博は行ってしまったの。そうやって、私を助けてくれたのに……」

傍にいて欲しかった。本当にただそれだけだった。明日香はコホンと咳払いをすると言った。

「一つ誤解を解いてあげるよ。マサは決して君を見捨てたワケじゃない」

「本当なの⁉　それとも私を慰めてるの⁉　冗談だって言うつもりなら止めて」

私は思わず明日香の胸にもたれかかるような姿勢で駄々でもこねるがごとく拳で彼の胸を叩いた。

「まぁ落ち着いて。君をからかいに来たんじゃないってさっきも言ったろ？　アイツはね、自らの研究によって、このウイルスが蝿を媒介にすることを見抜いていた。そして、寡黙《かもく》にウイルスの治療薬を開発した。だが、状況は過酷だった。一度広がり始めた病は指数関数的に広がり……もはやマサ一人の努力ではどうにもならなかった」

彼は涼しい顔で言い放った。まるで自分の発言が自分とはまったく関係がない、舞台役者が台詞を言うような調子で。

「たしかに、最近政博の様子が変だった。私はそれに気がついていたのに……。言ってくれたら、私にもっと相談してくれたら、政博を助けることができたかもしれないのに」

「アイツは守りたかったんだよ」

　彼は、遥か蒼穹を見つめるように透き通る目を細めた。

「そこにある日常が何よりも大事だってアイツは知っていたのさ。君との生活を守りたかった。ただそれだけさ。だから何とか自分だけの力で解決しようとした。泣かせるだろ？」

　私の脳裏には、あの光が丘で聞いた彼の言葉が鮮明に蘇った。

　――僕らは今を生きている。僕はこれから先も、君と日常を過ごしていきたいんだ。

　私はあの時の政博の、少しだけ切ないような、それでいて今生きていることに満足しているような、そんな不思議な横顔をかみ締めるように思い出していた。

　私の頬を熱い涙が伝った。今までの不安や恐怖に怯えた涙じゃない。それは、ただ純粋に愛しい人を希求《ききゅう》する気持ちの発露《はつろ》だった。

「政博に会いたいの。教えて……政博が今どこにいるか。あなたにはその力があるんでしょ？　私には計り知れない人智を超えた力が」

「んー、そうだなぁ、教えてあげてもいいけど」

　煌《きら》めく瞳が私を吸い込むように輝く。風がざわざわと二人の髪を棚引かせる。

「お願い」

　私は彼から視線を逸らさずにスーツの袖を引っ張った。生ぬるい風が吹き、太陽が私たちを焦がす。私はすがった。目の前に投げ掛けられた一縷《いちる》の望みに。

やれやれ、と彼は首を振って、こちらの顔を再び覗き込んだ。

「僕にここまで真剣に向かってきた女性は今までいなかったなぁ……。人間って愚かでさぁ、僕の力を見た者は、大抵恐れ戦くか、狂信者になるか、小賢《こざか》しく利用しようとするか、そのいずれかさ。皆、自らの欲望のためにしか行動しない」

明日香は指で顎の辺りを触りながら、少し低い声のトーンで語った。これまでの彼とは明らかに雰囲気が変わったのを見て、私はお腹に力を込めた。

「ま、人間は弱いからね。仕方ないのさ。今回の滅亡だってまったく予期してなかった。まさか自分たちがウイルスに絶滅させられるなんて……クク、とんだ喜劇だろう？おっと話が逸れたね、それじゃあ、僕から一つ提案しよう。まず君がこれからすべきことを選択するんだ。一番。ここの人たちと同じようにここでのたれ死ぬ。二番。マサのトコロへ駆けつける。三番。僕と一緒に逃げる。さぁ、どれだ？」

「政博がどこにいるか知っているのね⁉」

「ふ……もう答えは決まってるね？」

「当たり前よ！　一目政博に会うまでは、絶対このまま死にたくないわ」

会って今の自分の気持ちを伝えたい。滅びが人間の運命なら、せめてそうしてから死にたい。私はありのままを明日香に伝えた。私は今まで誰かにこんなにもはっきり自分の気持ちを伝えたことはなかった。これまで私を覆っていた古い殻がどんどん剝がれていく感覚がしていた。

するとと彼は、ふぅーと大きく息を吐いた。

「やれやれ、本当に罪作りなヤツだな、マサは。不器用というか、なんというか……。僕にこんな損な役回りをさせるなんてね。いやー参った」

彼はまたいつもの軽いおちゃらけた様子に戻った。

「ごめんなさい」

「謝ることなんてない。君は素敵な女性だ。実に興味深いよ」

次の瞬間、彼は私のほうに顔を寄せて、囁くように告げた。

「……君にならら僕の正体を明かしてもいいぜ?」

夏の風が私の頰を撫でる。私は黙っていた。明日香が何者であっても、きっと私は驚かない。なぜかそう思えた。

すると彼は、刹那《せつな》その身体をふわりと浮かせたかと思うと、軽やかに身を翻らせ、これまで着ていた細身のスーツの背から、濡れ羽色の厚い革質の翼を出現させた。それは彼の身体をすっぽり覆うほど巨大な翼だった。翼を纏う彼の姿は、なんとも凄艶で煌びやかなものに思えた。彼の底知れぬ恐ろしさと、すべての人を魅了してしまう美しさが渾然一体になったような、ある種の神々しささえ感じられるその姿。それを見ていると、まるで自分が、現実と虚構、昼と夜の狭間《はざま》にいるような、不可思議な気分に陥った。

「わかっていたわ……なんとなく」

私は独りでに呟いた。人を魅了する姿も、人智を超えた不可思議な力も、ぞっとするくらい残酷な言動も、その異形の翼を見さえすれば納得がいく。

彼は流麗とした姿勢でこちらに向き合った。背中の翼が別の生き物のように動く。彼はスーツのポケットに手を突っ込んだまま、瑪瑙《めのう》のように、光が当たる度ぎらぎらと色彩が変わる瞳で私を見た。

「そりゃ光栄だね。僕の正体は、人間にとってわかりやすい表現を用いれば『悪魔』ってところかな」

そう言う彼の誇らしげな態度に私は圧倒された。有機的に動くその翼は、地球上のどんな生き物のそれより高位で、神性すら宿っている気がした。

「……僕は、人間がこの世界に出現した時よりずっと人間を観察してきた。時が経ち、人間は進化をする。すると、僕の正体に気がつく者が現れ始めた。ある者はそれを伝承し、神話として伝えた。またある者は文学に、はたまた音楽や絵画に、僕の姿を記録した。あるいは、僕の姿、僕の力を、神だ、悪魔だ、魔術師だと崇《あが》め讃《たた》え、利用しようとした。それはさっきも話した通りだ」

私はいつかゴヤが描いたあのアスモデアの絵のことを思い出していた。人は自らの空想の中に悪魔と呼ばれる存在を見出したのだと、私は単純に考えていた。だが、それは違っていた。目の前にいる、人類を遥か高みから見下ろすような存在である彼を、他にどう形容すればいいのか。

「でもね、今言ったことは、何も中世の話じゃないよ。現代になってもいまだに実《まこと》しやかに囁かれているんだ、僕のことがね。ましてや、両親の死を目の当たりにしたアイツにとっては、この翼が一際特別なものに見えたんだろうね」

明日香の語る口調が少し変化したのを私は聞き逃さなかった。

「それって……？」

「政博さ。アイツはね、最初からこの翼が見えていた。僕と彼が初めて会った時……光が丘って知ってるかい？」

「ええ。以前彼と訪れたわ。悲しくて素敵な場所だった」

「フーン、知ってるんだ。それなら話が早い」

そう言って、明日香はこちらに手を伸ばして私の目を塞いだ。

「せっかくだから臨場感を高めようか」

次の瞬間、もういいよ、と言って明日香は手を戻した。目をゆっくり開く。すると、いきなり景色が変わってしまっていた。今までいたマンションの前から突然あの光が丘に。

懐かしい景色が私の胸を揺らす。彼にとっては時空間を飛び越えることすら訳ないのか、と私は圧倒された。打ちのめされたように私はただ黙ってその場に立っていた。郷愁を誘う風がそよそよと流れる。町を見下ろすパノラマ、忘れ去られたような遊具、それに深い森。政博と訪れたあの時から何も変わっていなかった。

明日香は水色のベンチを指差した。私たちは長閑な風情でそこに並んで座った。

「僕は、この場所で初めて彼と話したのさ」

彼はゆったりとベンチにもたれて言った。

「……何をしていたの？　政博は」

「今の僕たちと同じさ。何をするでもなく、空を眺めていた。いや、違うな。彼は炎を眺めていたんだ。ホラ、あの辺」

と彼は眼下を指した。

「あの辺に住宅街があるだろ？　あの辺で火事があった。それで彼の生家は燃え、彼の肉親は死んだ」

明日香は歴史のほんの一行を諳《そら》んじるように、淡々と言った。

「聞いたわ。さぞかし辛かったんだと思う」

「まぁ普通の人間はそう思うだろうね。だけど、彼は違ったのさ」

「違った？」

「僕は興味本意で話しかけたのさ。何気なく、少年、こんなところでどうかしたのかい？　ってね。すると、彼は真っ直ぐに見つめ返してきた。そして言ったんだ、あなたは『死神』かと。僕の命を奪いに来たのか、と。火事の直後だ、僕が死を運んできたと思っても無理はない。僕はこう答えた。『なぜそう思ったのかい？』と」

　私は、降り積もっていた塵が少しずつ払われていき、これまで隠されていた真実が明らかになるような、そんな高揚感を覚えた。

「その時の彼はまだ中学に上がる前だった。なのに、彼は見抜いていた。『あなたの背中に真っ黒の翼が見える』彼はそう言った。彼には見えていたんだ、この漆黒の僕の『翼』がね。さらに驚くべきことに、マサは僕に面と向かって言ったんだ。この世界の本当の姿を知りたい、と。僕は震えたね」

　景色こそ穏やかだが、空間も時間もストップしているこの景色。政博の歴史にそんな一ページがあるなんて、全く知らなかった。明日香はその混沌《こんとん》とした光を放つ瞳を私に向け、ニヤリと笑った。

「マサには特別な力があった。幼い頃より、この世界に死の暗い影が漂っていることをわかっていた。そう、マサには『死』が見えていたんだ。だから、死を超越する存在である僕の正体に気がついたんだろう。僕はかつてない興奮を覚えた。マサは選ばれた人間だと確信した。気をよくした僕は、彼に、彼自身がこの世界に生まれ落ちた意味と、またいずれ訪れるこの世界の宿命を教えた。僕にとっては未来を覗くことなんて訳ないからね。もちろん彼はショックを受けていたけれど、同時に納得もしていたようだ。僕は興味深く思って、それから彼がどうするのかずっと見守っていたんだ。彼の友人としてね。それで、マサは幾年を経て、自分自身で結論を出した。それは、人間の死の運命を変えるために、自分自身が行動することだった」

「そう……だったのね」

まだすべてを理解したわけじゃない。でも、今の明日香の言葉を政博の人生に当てはめると、不思議と欠落したパズルのピースが合うと私は感じた。きっと、私よりずっと不安に押し潰されそうになっていたに違いない。それなのに、私は……私は、彼にきちんと寄り添ってあげられなかったことを後悔した。

「それから、君と恋人になった彼がどうしたかは、君自身が知ってのとおり。……彼は最後まで君のことを思っていたよ。『これ以上僕の愛する人を、大切な人をなくしたくない。僕は、自分の人間としての可能性を信じてみる』ってね」

「政博……」

私は胸に手を当てた。不器用だけど真っ直ぐで彼らしい言葉に、私の心の深い水の底からエネルギーが沸き上がってくるのを感じた。

「彼は今どこにいるの？　どこかに逃げているの？」

「今、彼はここことは違う世界にいる。ここよりもっとずっと深くて、冷たくて、乾いた場所にね」

「それはどこなの？」

「王のところさ」

「王……？」

それはあの夢に出てきたフレーズだった。

「ああ、王の名はベルゼブブ。蝿の王とも呼ばれている。王はこの宇宙の理《ことわり》の王。神と言えばわかりやすいかもね」

「そんな……」

明日香は淡々と続けた。

「結論を言おう。マサは王の元へ召喚された。だから、この世界に彼の肉体はないんだ」

「どうして⁉　それは……それは死んだってこと⁉」

明日香は動揺する私の肩を支えた。

「安心したまえ。彼の魂はまだ滅びてはいない。彼の魂は、蝿の王の下にある。蝿の王は、ここではない深い闇の世界に居城を構えている。いいかい、葉子ちゃん。冷静になるんだ。人間の尺度でモノを考えてはいけない。なぜ彼が王の下へ行ったのか、もう一度彼に会うためには、君が行動しなくちゃいけない。君が、直接確かめる他ないんだ」

明日香は諭すように言った。それは、今までにないくらい優しい口調だった。

「それなら、それなら私もそこへ行くわ！　会いたい！　だって悔しいよ。政博がそんな辛いことを抱えたまま私のところにいたのに、私はなんにも気がついてあげられなかった！」

私は叫んだ。彼の過去も、経緯も、密かな決意も、何も知らなかった。そんな彼に甘えていたのは自分の罪だ。私はそんな過酷な宿命を背負わされた彼に、ますます会わずにはいられない気持ちになった。自分がどんな罰を受けてもいい。一目彼に会いたい。たとえその肉体がこの世界にもうないとしても……。

「アイツもずいぶん不器用だからなぁ。ま、すべては君のため。愛する君への献身なんだ。ああ、なんて素晴らしいことだろう。でも、その理由が僕にもよくわかったよ。君はたしかに素晴らしい女性だった。マサにとって最高の恋人だってわかったんだ。だから僕は彼の気持ちを無下《むげ》にしないために、君の下へやって来たのさ。君の愛もまた、本物だったんだね」

明日香は紺碧《こんぺき》の空を見上げると、大きく息を吸い込んで、感慨深く言った。

「ありがとう。あなたが私のところへ来てくれたこと、教えてくれたこと、本当に感謝してる」

「ふふ……礼を言われるほどのことはしてないぜ。僕はただの傍観者なんだから」

流麗な翼を纏う明日香。そう言ってはぐらかすけれど、私には彼の気紛《きまぐ》れではない気持ちが伝わった。たとえ悪魔の手の上で転がされていたとしても今は構わない。

するると彼はフッといつもの調子で笑って見せた。

「だけどマサに会うのは簡単じゃないよ。王のところへ行くために、君は今よりもっともっと辛い思いをするだろう。ここで素直に死ぬほうがよっぽどマシだと思うほどの……」

「わかってる……それでもいいの」

それでも、彼に逢えるなら。私は決意して、明日香の目を静かに見つめた。

「王のいる世界、幽世《かくりよ》に行くための入り口はあの森の奥にある。鳥居をくぐってずっと歩く。その先にあるんだ」

すると彼は森のほうを指した。それから、指でパチンと音を鳴らす。瞬間、激しい眩暈と共に、景色が絵の具を混ぜたようにぐちゃぐちゃに溶け合い、気がつくと私たちはまた元のマンションの前に戻った。いや、実際に移動したわけではなく、彼があの場所の映像を見せてくれていただけなのだ。

　真夏の太陽が再び私たちの頭上でぎらついている。ここが現実の世界だ。

「光が丘に行けばいいのね？」

「そうさ。僕の力を使えば……」

　と明日香が言いかけたのを、私は遮った。

「私、自分で行きます。きっとあなたの力を借りれば数秒で行けるんでしょうけど、私は自分の足で、自分の力で行きたいから」

　すべてを覚悟して言った。何が起きても構わない。受け入れて、一歩でも近づきたい。自分自身の力で。それが今の自分の裡《うち》に涌き上がる感情、気持ちのすべてだった。

「素晴らしい。君のその意志は、この世のすべての黄金にも勝る」

　明日香は仰々《ぎょうぎょう》しく感心して見せた。

「ならば、旅のお守りに君にプレゼントを」

　すると、デニムのお尻のポケットがもぞもぞと動く。手で探ってみると、そこには入れた覚えのない一枚のカードが入っていた。

「これって」

　それは、バッグにしまっていたはずの「運命の輪」のタロットカードだった。

「前にも言ったろう？　破滅も幸運も運命だ。だけど、目の前の幸運を掴むのは君次第。つまり運命を切り開くのは君自身なんだ」

　彼は指をパチンと鳴らした。カードが光って、描かれていたそのままの、光り輝く黄金のリングに変化した。

「もし、行き先がわからないことがあっても、その指輪が王の居所を示すだろう。左手の人差し指にはめるといい。その光を見つめれば、どんなまやかしにあっても、君の魂は揺らがない。君が勇気さえ持ち続ければ、指輪は君を導く。ま、仰々しく言ったけど、ただの旅行お守りさ。エンゲージじゃないから安心して」

「ふふ……ありがとう。優しいのね」

　私は左手の人差し指に金色の指輪をはめてみた。政博以外の男の人に指輪をもらうなんて想像もしていなかった。

「あなたに何てお礼を言ったらいいのか……」

　勝手に呟いていた。いろいろ驚かされもしたが、もし明日香がいなかったら今頃私はどうなっていただろう。自分の部屋に閉じ籠り、事切れるまでただただ恐怖に震えるだけの女のままだったに違いない。

　すると明日香は、オーバーだなぁ、というジェスチャーをして見せた。

「お人好しだね、君も。僕は悪魔だぜ？　そんな気遣いは無用さ。僕は、人間を惑わしたり、唆《そそのか》したり、はたまた、人間の欲望の有り様をおもしろがって観察したりするのが趣味なんだ。ま、でも君たち二人に会えたことは本当に良かった。人類が滅亡する前にこんな余興があるなんてね。特に、君のような聡明な女性に会えたことは、実に興味深かったし、楽しかった」

彼の軽妙な口調に私は笑みを返した。

「ありがとう、素敵な悪魔さん」

風が棚引かせる艶やかな茶色い髪。長い睫毛。鋭い瞳。私は政博に必ず会う。静かにそう誓った。

＊

すでに辺りには宵の気配が漂っていた。私はしゃがみこんで脹《ふく》ら脛《はぎ》を擦っていた。六時間近く歩いて、ようやく光が丘の最寄り駅にたどり着いた。夕日が電信柱の影を長くする。電灯が点《とも》ることもなく、葬列のように立ち並ぶ。烏《からす》が鳴き合いながら塒《ねぐら》へと帰ってゆく。だが、そこに人の姿は一切ない。闇に吸い込まれつつある街は演者の消えた舞台のようにがらんどうで、私一人だけを照らすように、じりじりと太陽が沈む。

私に行き先を教示した明日香は、どこか遠くから見守っていると私に告げ、翼をはためかせ空へと消えた。彼と別れたあと、部屋に戻った私は、スニーカーを履いて、歩いて光が丘へ向かうことにした。部屋にはたくさんの、どれもこれも私たちの生活の痕跡が嫌というほど残されていたが、私は何も持たなかった。部屋に残されたあらゆるものを眺めていたら、きっと旅立てなくなる、足が錆びてしまって動かなくなる、私はそう直感していたからだ。

唯一、ベランダにある薔薇にだけは別れを告げた。彼が大切に育てていた薔薇、グラミスキャッスル。彼女はいまだに優雅で儚げな花をつけている。でもそれももう終わりだ。水をやる人がいなくなれば、すべて枯れ果てる。私は一輪の淡く杏色《あんずいろ》がかった白い花に鼻先をあて、心一杯吸い込んだ。甘く、少しほろ苦く、そして懐かしい没薬《ミルラ》の香りは、政博の香りに似ている。私は一枚だけ花弁をちぎると、ポケットに入れた。そして、グラミスキャッスルにさよならをして、旅立った。

光が丘を目指す私は、一縷の望みを託して駅へと向かった。だか、それからの景色は……余りにも残酷なものだった。住み慣れた街のそこら中に病死し、朽ち果てた遺骸が放置されている。蝿の大群がやって来てはどこかへ散っていく。時折、物々しいトラックが来て、真っ白な防護衣に身を包んだ人が緩慢な動作で、まるで物でも拾うみたいに路上の遺体を回収していく。彼らは唯一生きている人に思われたが、直《じき》にそれも来なくなることは容易に想像できた。

閑静な住宅街の並びも、今では人形のいないドールハウスに等しい。ぽっかりと暗い眼窩《がんか》のような窓がいくつも並ぶビルディングに監視されるように、通り慣れた駅までの目抜き通りを歩いた。歩道や交差点、駐車場やコンビニの軒先でそのまま息絶えた人たち。誰にも看取られぬままの死体が列を作る。今まで見慣れた風景の此処彼処《ここかしこ》が「死」で上塗りされていく。そういえば、親にさえ連絡していなかった。親不孝な娘ね。きっともう誰もいないのよね、お父さんもお母さんも、友達も同僚も……。建物は残っていたって、中に住む人がいなくなったら、抜け殻と同じだ。きっとこのまま、誰もいなくなったまま、すべてが崩れてなくなっていくのだろう。私の暮らしたあのマンションも、この街も、国も、人がいなくなれば、すべては消えていく。

駅の前まで来ても、やはり景色は変わらない。夏の強烈な日差しが容赦なく照りつけ、たくさんの人たちの肉体をただの痕跡にしていく。すでに骨となっている人もいれば、比較的最近まで命があったのだろう、抱き合ったり、手を繋いだまま事切れた人たちもいた。私は変わり果てた彼らに自然と手を合わせていた。どんなに望んでも、死は容赦なく愛する人を引き離すのだ。だから私は急がなければならない。その運命を変えなければいけない。

駅舎はもぬけの殻で、電車が走っているような気配は一切なかった。バスも、駅前のロータリーにいつも並んでいたタクシーも、今や車体だけを残し、景色と同化してしまっている。——行こう。あの場所にたどり着くためには、自分で歩くしかない。
そうして、私は駅から電車の高架に沿ってひたすら歩き続けた。

宵闇が迫る。ひどい疲労を感じていたが、ここで立ち止まっているわけにはいかない。私は光が丘の駅前から記憶を頼りにあの高台の公園を目指した。通りを歩き、細道へと分け入る。だんだんと勾配《こうばい》がきつくなり、いよいよあの高台へ繋がる石畳を歩いていくと、あの日政博と二人でこの石畳の坂道を歩いたことが無性に懐かしく思えて切なかった。辺りは暗黒そのものだった。あんなにも美しかった高級住宅街に、灯りの点る家は一つもない。私はただ前だけを見た。

しばらく歩いて、ようやく高台の公園へと出た。そこからの景色はただの絶望だった。あの素敵な眺望の面影などなく、街の景色はすべてが宵闇に沈んでいる。辛うじて見える建物の形も、人そのものが消えてしまえばがらくた同然、どんなに美しいものでも、それは残骸に過ぎないのだ。私の住んでいた街そのものが、人の存在によって初めて意味を与えられていたことをまざまざと見せつけられた。空を見上げると、輝く星々がまるでこの世界のすべてであるかのように煌々と光を放っていた。その光に吸いこまれそうになって、踏み出した足に電流が走った。

これまでの行程でかなり足が痛んでいて、その痛みが逆に私を正気にさせた。人差し指の指輪はこの暗黒の中でも相変わらず光り輝いている。「もう少しよ」静かに呟いて、隣接する古い森と神社に続く道へ向かった。

古びた小さな鳥居が私を出迎えた。私は両手を胸の前で重ねた。そのまま、吸い込まれるように、鳥居の奥に入っていった。

それは長い道だった。静けさに包まれた森が深くどこまでも続き、苔《こけ》むした石畳が私の足音を甲高く響かせては消えていく。脇に並ぶ石灯籠《いしどうろう》が、ぼんやりと薄い橙色《だいだいいろ》の灯りを放っている。何かがおかしい。明らかにさっきまでの高台の雰囲気とは変わっているのを察する。神域だ、ということはわかっているが、何かそれ以上のものを感じる。

しばらく歩き続けると、いつの間にか足の痛みもなくなっていた。途切れ途切れだが、石畳はずっと続いている。私はひたすら歩く。途中、脇に本殿らしき建物を発見した。すでに幾星霜経ち、このことが起こるずっと以前からがらんどうのようだ。ここが、明日香の言った向こうの世界への入り口なのだろうか。

私が戸惑って辺りを見渡してみると、入り口からなおもずっと続いている石畳の道の先に何か白いものが落ちているのに気がついた。ハッとして近くまで駆け寄ると、それは見覚えのある一枚の白い布……長袖のシャツだ。

「これ……政博の」

それは、あの部屋から消えた政博のシャツだった。手に取った時の感触。サイズも内タグも同じ。彼が気に入っていて、幾度も丁寧に洗濯し、ベランダに干し、そしてアイロンをかけた時の記憶がありありと浮かぶ。私はそれをくしゃっと抱きしめていた。間違いない。彼は行ったんだ。この宵闇の先に。私は、幽世の世界へと繋がる入り口が間近にあることを理解した。

石畳を早足で駆けていく。深い森が開け、突然、ぽっかりと水面が広がる。ザザ、と風が吹き、雲が流れる。下弦《かげん》の月が、翡翠《ひすい》に輝く水面を静かに照らしている。不可思議なことに、池の周りには柵や囲いさえなく、ほとりにただ一本の大きな石榴《ざくろ》の樹がその血色の果実をたわわに実らせている。

石畳がそのまま水中へと続いている。底知れぬ不気味さと神秘性が一体となったこの空間。もしかしたら、巫女《みこ》が禊《みそぎ》をするための場所かもしれない。私は、誘われるように、池の中へ一歩、一歩、踏み込んでいく。足首に水が染み込む。冷たさが私の全身を突き抜けて、今までにないくらい精神が集中し統一されていくようだった。もう一歩、もう一歩、と足を踏み入れた瞬間、全身が吸い込まれるように一気に深層へと、私は落ちていった。

十一

どれくらい時が経っただろう。目を開けると、見知らぬ乾いた赤土色の地面の上に倒れていた。体が重く、また、感覚が麻痺しているようで、上手く手足を動かせない。それでも、私はどうにか起き上がった。右手には必死に持っていた政博のシャツがあった。即座に私はそれを抱きとめた。良かった、なくしていなかった。

私が倒れていたそこは丘の上らしかった。眼前に広がっていたのは、光が丘の景色——だと思った。

しかし、それはただの私の願望に過ぎなかった。たしかに、小高い丘であることに違いはない。だが、そこから見える光景は、あの爽やかな景色とは似て非なるものだった。それはいつか見たあの重苦しい夢そのものだった。真夏のコバルト色の空はどこかへ消え去り、かわりに、覆い被さるような重い赤錆色の雲が垂れ込めている。夜になるまで、あれほど陽射しが強く、すべてを焼き尽くさんとするほどの暑さだったのに、今、私の頬を打つ風はひどく冷たく、寒気がした。

私は一歩、二歩進み、崖の下に広がる眼下の景色を眺めた。それはまったく私の心を晴れやかにするものではなかった。眼下には延々と、暗く翳った背の高い建物が無機質に立ち並んでいる。無数に、デタラメに、いくつもいくつも。私はおぞましさを感じていた。びょうびょうと乾いた風が吹き荒れて、身体の熱がみるみる奪われていく。とにかく、今まで自分がいた世界とはまるで異なる、暗く冷たい場所であることは間違いなかった。

——もしかして、ここはあの夢の世界？

私は髪をかきあげた。赤土色の砂が風に舞い上がっている。ここの風を浴びていると、自分という存在がどんどん脆《もろ》くなっていって、いつかこの足元の砂と同じように流されていってしまうような気がした。

私は、明日香が別れる前に言っていたことを思い出していた。

「……君たちが今いるのが光に満ちた世界だとしたら、向こうは一切が闇の世界。だが、君のいる世界とその世界は、表裏一体の関係にある。君のいる世界を表層とするなら、あそこはもっと深い場所、深層であり、現世に対する幽世だ。君たちの好きな言葉に従って言えば地獄ってところかな。ま、地獄かどうかは君次第だけどね」

たしかに、そんな言葉にぴったりの世界だと私は肌で感じていた。

救いを求めるように、私はもっと遠くに視線を遣った。すると、赤い霞がかかった遥か向こう、遠い地平の先に、天を穿つような一際大きい白い山脈が見えた。
「……幽世についたら、地平の果てに、途方もなく大きな山が見えるはずだ。実はそれこそが王の城なのさ。あそこに蝿の王がいる。そして、マサの魂もあそこに。だから君は、王の居城目指して歩くんだ。蝿の王に会うためには、一人で行かなくちゃならない。君一人の力で王の下へ辿り着くことが大事なんだよ。すべては愛しい人への愛を、君が示すためさ……」

明日香の言葉を回想しながら、ふとポケットを探った。ほんの微かな感触。私はそれを取り出した。グラミスキャッスルの花弁だ。まだその色を失っていない。いつしか政博が言っていた。薔薇は自分の美しさを知らない。美しさを決めているのは人間だ。人間の心が薔薇を美しくさせているんだ、と。私は、政博、と静かに名前を呟いた。自分が自分であるうちに、自分の意識がなくなってしまう前に、せめてもう一度会いたい。行くしかない。行こう。私は足を踏み出した。

小高い丘陵地を急いで駆け下りると、その世界の景色は予想以上に寂しく、また荒《すさ》んでいるのがわかった。初めて光が丘に来た時に見たような瀟洒な住宅街などなく、周囲には黒々とした背の高い建物が意味もなく林立している。それらは恐らくビルか何かなのだろうが、入り口があるわけでも窓があるわけでもない。ただ無数の配管が、血管のように表面を伝っているだけだ。

巨人のようなビルの足元に沿って、強い風が吹きつける。形容しがたい不気味な風の音がビルとビルの間に反響している。

私は白い政博のシャツを羽織って、身体を竦《すく》めながら歩いた。吹きつける赤土色の砂嵐が身体を汚し、この旅路ですでに草臥《くたび》れたスニーカーが砂塗《まみ》れになっている。

しばらく歩くと、狭隘《きょうあい》な路地から大通りのような幅の広い目抜き道路へ出た。

といっても、そこに車だの人だの、見覚えのあるものが存在しているわけではない。ただ漠然と道が通っているというだけだ。その景色は、現世で私が見てきた景色と似ていた。そして、何が通るわけでもないのに、道の両脇に、人の骨のように黒くて華《きゃ》奢《しゃ》な水銀灯がずっと立ち並んでいる。どれも不恰好に曲がって、今にもポキリと折れてしまいそうである。荒涼とした景色に延々と並ぶ街灯の葬列が、私の心を余計に寒くした。ふと、私はその水銀灯の袂に、何かの影があるのを見つけた。

それはいつか夢で見た影と同じ姿をしていた。街灯の下に座って、じっとしていた。動くことも嘆くこともなくそこに留まり続けている。私はその憐《あわ》れな姿となってしまった赤錆色の影に話しかけた。

「王の城に行きたいのです」

私は影の前で膝をついた。

影は私の声に反応し、必死に旅人である私に何かを伝えようとするものの、その声は小さく、ひどく間延びして、もはや言葉と言えるものではなかった。

影はゆっくり手を伸ばして道の先を示した。大通りのずっと遥か先の、厳《いか》つい白い山。やはり行くしかない。立ち止まれば、この影のようにここで朽ちていってしまうのかもしれない。

私は拳を握り締め、再び歩き出した。ここでは私の足跡さえ、砂がすぐに消してしまう。

廃墟の底は、深海の底のようだ。私は追い立てられるように歩いた。水銀灯を数えていたが、百を超えたところからわからなくなった。相変わらず、周囲には亡骸と化した黒いビル群が延々と続いている。

水銀灯の列に紛れて、いくつかの看板がカランカランと切ない金属音を立てている。私は頭上にあるその看板を眺めた。殴り書きのような文字がいくつもいくつも書いてある中に、辛うじて「傲慢」「罪」という漢字が読み取れた。

傲慢、罪、か。

向こうの世界で人々があんなにも恐ろしい病にかかって、そして見る間に皆死んでしまったのは、人間の傲慢さという罪がもたらした結果なのだろうか。誰もが、自分だけは関係ない、自分だけは死なない、と私を含めたたくさんの人が感じていたに違いない、そう、あんな風に身体が腐り落ちるまでは。

そんなことを考えながらずっと歩いていく。もうすでに足の感覚もないが、気にしてはいられない。ふと、目の前に人の姿らしきものをチラホラと見かけるようになった。さっきの赤黒い儚げな影とは違って、今度はきちんと人間としての形を成している気がする。私は恐れを抱きながらも、その人たちの前を横切った。路傍《ろぼう》に倒れこんでいる人たち、骸骨の姿で調子外れの不気味な歌を歌っている人たちもいる。壊れた乳母車の中に、赤ん坊の亡骸を入れて大事そうに揺すっている女もいる。

私は目を逸らした。そのおぞましい光景に釘づけになってしまいそうだった。

ダメだ。ここにいては引きずり込まれてしまう。私は咄嗟に足を速めた。すると、突然、誰かが縋《すが》るように私のシャツの袖を摑んできた。足元に這いつくばっていたのは、一人のひどく痩せこけた女だった。黒い髪を方々に散らし、目は落ち窪み、黄ばんだ白目は在らぬ方向を向いている。肌は褐色《かっしょく》に褪《あ》せ、肉も皮も削げ落ちてしまっているその亡者……。

「お、お願いです……恵んでください……なんでもいいから……貴女の身体でもいいから……」

私はギョッとして、無慈悲にその者の手を離した。その亡者の女の顔に見覚えがあった。

「真下さん……」

それは紛れもなく真下さんだった。溢れんばかりの麗しさを振りまいていたあの女。私は戦慄した。どんなに美しさを磨いても、最後にはこうなってしまうのか。いや、あの誰をも魅了するような美しさも、結局はただの上辺の事象に過ぎないということなのか。

私は寒気を覚えながら、なおもこちらに擦り寄ってくる彼女の手を振り払うように慌てて駆け出した。一刻も早くこの場所から立ち去りたかった。真下さんの軀《むくろ》が瞼の裏にこびりつく。ここが地獄なのだとしたら、たしかにそういう表現がしっくりくる。なんて惨たらしい世界なんだ。

時折、道端で蹲《うずくま》って倒れている人の残骸が、強風に流されて崩れていった。この世界では何もかも朽ち果ててしまうのだ。この辛うじて残っている身体も心も、いずれ……私は歩き続けた。


もうどれくらい歩いただろうか。通り沿いに、うらぶれたあばら屋がいくつか並んでいた。無数に掲げられた看板には何か書いてあるらしいが読めない。そのうちの一つの、今にも崩れそうな軒先の下に人影が見える。トタンから突き出した煙突《えんとつ》から、濛々《もうもう》とした煙が噴き出ている。

そうだ、道を聞こう。誰かいるようだし、何かわかるかもしれない。私はその中に吸い寄せられた。

　軒の下は露天の飲食店になっているらしく、広い背中の大男が忙しなく何かをこしらえている。私はがらんとしたカウンターに一人腰掛けた。ここに来てからどれくらい経ったのか、すでに身体の感覚があまりない。

「あの……道を教えてください。王の城へ行きたいんです」

　私の掛け声は、騒々しく料理の仕込みをしている音に空しくかき消されてしまった。考えてみれば地獄に来たのだ。もはや、私とまともに会話する人がいるはずもない。私は結局、それ以上声をあげることができず、黙って頭を垂れていた。

　幾ばくかして、どこからかわらわらと人影が集まってきた。彼らの肌はくすんだ褐色をしていて、亡者であることがすぐにわかる。私は、それでもまだ席を立たなかった。彼らはあっという間に空いていた椅子に座りだし、狭い店は満席となってしまった。私の右隣には、溢れそうなほどの脂肪を蓄えた男がでっぷりと座った。

　息つく暇もなく客たちは次々と注文をつけた。すると店員はあっという間に、いくつもの料理をこしらえていった。湯気と共に、形容しがたい臭いが漂ってきた。その臭いたるや、私の鼻を溶かし、この身体の奥底から腐らせてしまうようなおぞましいものだった。

カウンターには、次々と大皿に載せられた料理が並べられた。私の隣に座る男の前にも料理が置かれた。私は堪らず立ち上がった。並べられたそれは、果たして料理と呼べるのかさえわからなかった。見たことのない色のぶよぶよとした肉塊や、頭蓋骨の器に入れられた血のスープ、無数に足のあるグロテスクな昆虫や甲殻《こうかく》類のぎとぎとした揚げ物が、大皿の上に載っかっている。熱気と得体の知れない臭気に胸がつまり、これまで感じたことのないくらいの吐き気が催される。

しかし隣の緑がかった皮膚の男は、それをひどくうまそうにがっついている。私はそこでようやく気がついた。この大皿を抱え、飲み込むように気味の悪い料理を食べ尽くさんとしている男。この男にどこか見覚えがある気がする。亡者であることは明らかだが、人間だった頃の面影が残っている。小さな目、短い黒髪。この人は……。

「澤木!!」

私は後退《あとずさ》りした。その声に周りの客たちは一瞬こちらを見たが、それもほんの束の間、すぐにまた目の前の料理を食べだした。澤木もこちらには気がつかず、ただただ大口を開け、食べかすを散らかし、出された料理を飲み込んでいた。

私は叫び声をあげて転げるようにあばら屋を後にした。あんな姿になって、あんなものにがっついてまで、食べることに執着しなければならないのか。人間は死してまでその欲望から逃れられないのか。

私は走った。走って、走って、走ることもできなくなり、それでも、何時間か歩き続け、ついに立ち止まった。眼前には深く赤い靄がかかっている。ふと、目の前に何か構造物があるのに気づいた。私がふらふら歩いていくと、そこは小さな広場になっており、その中心には小さな噴水がぽつりとある。かつては水を湛えていたのだろうか。緑青《ろくしょう》のタイル張りのそれは、もはや枯れきったただの残骸に過ぎなかった。

私は噴水の縁に腰掛けた。ため息さえ出なかった。私の身体もこの噴水と同じなのかもしれない、とそんな考えが頭を過ったその時、ふいに何者かの囁き笑いがいくつも聞こえてきた。その笑い声は冷淡で、到底心を和《なご》ませるような性質とは程遠い、気味の悪いものだった。何か言い知れぬ寒気を感じた私は噴水から立ち上がった。すると、どこからか乾いた風が吹きすさび、靄が晴れた。私はハッとした。私が座った噴水を囲うように、誰かがいることに気づいた。子どもだ！　それも無数の……幼子がこちらを見て笑っている。彼らはすでに血肉を失って、その目は深く落ち窪んでいる。剝き出しになった歯を歪ませ、カタカタと奇妙な音を立て笑う。その様は、私を貶《おとし》めようとしているのか、それとも仲間として歓迎しようとしているのか……。戦慄が首筋の辺りに走る。それは、私の正気を失わせるのには十分だった。

「いやあああ！」

子どもの骸骨の群れは、そんな私を嘲笑うように、各々が手にしている錆びたラッパをひどく不愉快な調子で吹いた。ラッパの不気味な音がいつまでも耳に反響する。私は耳を両手で強く押さえた。そして、当てもないのにただ走るしかなかった。

　そうやって、私は次第にぼろぼろになっていった。終末を祝福しているかのようなおぞましい音楽、幽世の冷たく乾ききった空気、そして狂気。……ここには祈りや、期待はない。わずかな希望すらない。ここにあるのは、ただ退廃した景色、孤独、そして絶望だけだ。

　この世界の空気に晒されていると、人間など本当に脆い存在なんだと気づかされる。ここにいると、今まで生きていたことすべてが、ただの都合のいいまやかしだったように思えてくる。あんなに必死にあの世界にしがみついていた私はなんだったんだろう。ただ見たくないことから目を背けていただけなのではないだろうか。そうだ、もしかしたらこっちのほうこそ正しい世界ではないのか。そして、私がこれまで生きていた世界は……ただ外面を取り繕っただけの世界なのではないか。私がここまで辛うじて歩いてこられたのも、この羽織ったシャツに、あの人の温もりがまだ残っているからだ。今となってはもう、それだけが頼りだ。乾いた風と砂が、頬を打ちつける。

　ああ、人間は、なんて孤独なんだろう。

＊

　いつしか、通りには黒い背の高い建物の並びも消え、小さな小屋さえなく、亡者の姿もなく、道路の舗装も消えただの砂道へと変わり、地面の砂を巻き上げる強風だけが空しく吹きつけていた。

　私の肩に砂が降り積もっていく。私は遥か地平の遠くに聳え立つ恐ろしく巨大な山を見た。このままただ闇雲に歩いているだけで、本当にあそこまで辿りつけるのだろうか。運よく形を保っているらしいこの身体さえ、このままではいずれ骨と皮だけになり、終《しま》いには跡形もなくなってしまうのではないだろうか。そうなれば今まで見てきた亡者と何も変わらない。このまま滅びてしまいたくない。このまま、愛しい人にも会えないまま、孤独のまま……。

　そんな時、私は、あっとつまずいて道端に倒れてしまった。砂が私の身体を包んだ。地面に這い蹲る私に冷たい風が吹きつけて、私の残された熱を容赦なく奪っていく。立ち上がらなければならないのに、力が入らない。どんなに強く求めても、私の望むものはここより遥か遠くにある。このままここで朽ちてしまうのだろうか。

　私は左手の人差し指にはめられた、今もなお輝かしいばかりの金色に光る指輪を見つめた。私は祈った。指輪よ、どうか私に力を……。

「もし、そこの貴女」

そんな時、ふと、頭の上で声をかける人がいた。

私は身体に残された力を振り絞って、顔を擡《もた》げた。私の前に涅色《くりいろ》のがっちりとした制服を着て角帽を被った男が立っていた。――車掌？　制服の雰囲気から私はそう思った。ただし、男の角帽の下の顔は、黒っぽい包帯が無造作にぐるぐると巻かれていて、その人相を知ることはできない。不気味ではあるが、なぜかこれまで出会った亡者たちとは違う気がした。私は夢幻《むげん》かと思った。こんなところに、まともな言葉を発する人がいるとは思わなかった。

慌てて身体を起こそうとしたが、それ以上力が入らなかった。すると包帯男は右手を差し出してくれた。白く穢れない手袋をしているのが印象的だった。私は左手を差し出した。私の人差し指に光る運命のリング……指輪が、呼び寄せてくれたのだろうか。私は男の右手を必死に握り締めると、ふらつく身体に力を入れ立ち上がった。

「どちらへ行かれるのです？」

男は、包帯の下からモゴモゴと低い声を放ち、私に問うた。

彼は、慎《つつ》ましく身奇麗な制服に身をつつみ、角帽を深く被り、ボロボロになった私を前にしても、軽蔑《けいべつ》したり悪し様《あざま》に扱うどころか、まるでそれを受け入れるのが当然のように整然とした態度でいる。包帯男は私が立ち上がったのを確認すると、静かに手を離した。

私は、咳払いをしながら言った。

「あの、王の……蝿の王のところに」

「そうでしたか。間も無く王城行きの汽車が出発いたします。お急ぎください」

「……汽車？」

男はそっと指差した。そのほうを見ると、寂《さび》れた駅舎があった。陽炎に揺れるホームには黒い車列が並んでいる。駅と列車が闖入するように、この荒漠《こうばく》たる景色に佇んでいる。

「こんなところに駅……？」

私は茫然として言った。

最初に車掌だと思ったのは間違いじゃなかったようだ。男は遠くを仰ぎ見た。

「王の下に向かわれるのでしたら、この駅から汽車にご乗車ください。蝿の王の王宮は、一見ここからは近いように見えます。しかしその実、城は果てしなく遠い彼方にあるのです。貴女がそのまま歩き続けて、いつ頃辿り着けますことやら」

「乗せてくれるのですか、この私を、汽車に？」

「貴女が左手にしているそのリング……それは運命の輪ですね。運命とは常に流れ続ける時間のようなもの。さぁ急いでください。出発時刻が迫っていますので」

車掌は胸ポケットから懐中時計を出して言った。しかし、その白金色の時計の盤面には、針と呼べるものはなかった。ただ数字だけが、円を描いている。それは私に無限の時間を突きつけているようだった。

車掌は汽車に向かって歩き出した。私は静かに、男の後ろについて歩いた。不思議とまた足が動きだした。

「ありがとう、車掌さん」

「王宮へ行きたいという者をこの汽車に乗せるのが、私の役目でございますから」

彼の顔に何重にも巻かれた包帯の端が、バタバタと風に棚引いた。

「あなたは、王のことを知っているの？」

「私は末端に過ぎません。この列車もまた、血管のようなもの。この世界の理に従っている。ただ、それだけです」

そう言ったところで、彼が立ち止まった。目の前には、細く長いプラットホームが地面に沿ってずっと先まで伸びている。その傍らに、闇に融けるような色の汽車が居座っている。汽車は濛々と煙を吐き、その腹は蛇のように長く、這うように、プラットホームの横で発車の時刻を待っている。この荒涼たる砂原において、その汽車だけが息をしているように思えた。

砂嵐が吹き抜ける。駅も、ホームも、汽車も、そして私たちも、この世界にある小さなオブジェに過ぎない。

「王は……何を考えているの？」

私は男の背中に呟いた。

「それを知るために、貴女はこうして汽車にお乗りになるのでしょう？」

「……そうですけど……」

そうだ。なぜ、政博が王の下へ召喚されたのか、私が自分で確かめるしかないんだ。

車掌はそれ以上何も言わず、黙ったまま両手を後ろに組んで、重厚かつ厳《おごそ》かな佇《たたず》まいで出発の時を待つ先頭車両の前に立った。

いくつもの客車を侍《はべ》らせている先頭車両が蒸気を噴出した。轟音《ごうおん》が周囲にこだましていった。

「さぁご乗車ください。この機を逃しては、次にいつ列車がここへ戻って来るかわかりませんよ。一年後か、それとも一千万年後か、はてさて……」

「わかったわ」

私は短く返事をして、一番手前の客車に乗り込んだ。金色に縁取られた豪奢な意《い》匠《しょう》の扉が私を飲み込んだ。

客車の床にそっと足をすべらせると、瞬時に扉が閉まり、いよいよ汽車は走り出した。驚くほど静かな車内に、人影は見られない。王の下へ行くのは、私と、あの不可思議な車掌だけのようだ。臙脂《えんじ》色のベルベットで彩られた座席にゆるりと腰をかける。

濁った車窓からは、先ほどまで彷徨《さまよ》っていた砂原がわずかに見える。砂を多分に含んだ風が窓ガラスに打ちつけ、汚していく。ホームに立っていれば、私もこの窓に打ちつける砂と同じになっていたに違いない。

そっと窓枠に肘をかけた。ここまでずっと羽織っていた彼のシャツを静かに脱ぐと、それにぎゅっと顔を埋めてみた。砂塗れのシャツに、彼の匂いが残っている気がする。

——会いたい。

これまであれほど凄惨な光景を目にしてきたのに、まだはっきりとその言葉が浮かんでくる。いくら外見が変わっても、たとえこの身体が朽ち果てようとも、愛情はまだ私の中で消えることなく灯っている。生き物、その生命というものは、どう抗おうとも、ひどく簡単に本来の姿を失い、やがて滅びてしまう。この世界での光景は、それを嫌というほど教えてくれた。どんなに表面的に繕っていても、あとに残るのは人間本来の欲望だけなんだ。愛ですらその一つだ。あの人を希求するのは、私の源泉から湧き出す欲望そのものであり、それだけが今、たしかにここにあるんだ。

汽車は、黒煙を噴き上げながら走り続ける。仰々しい金属音が鳴り響く。やがて外が暗くなってきた。途方もなく深く、幽玄たる夜の始まりだった。闇が降りた客車には、点々と橙色の灯りが燈る。ランプに照らされた板張りの床と椅子。暗翳《あんえい》と光とが一緒に存在している。その境界を分かつものはなんだろうか。自分の横顔が、薄ぼんやりと車窓に映る。それ以外は何も見えない。

客車がゆっくりと左右に揺れる。私は静かに目を瞑った。眠ってしまいそうだった。いつかの夜、政博に助けてもらったこの身体。私はまだ生きているのだろうか、それとももう死んでしまって、意識だけがこうして残り、それがどこかに運ばれているのだろうか。このまま心地よい汽車の揺れに身を任せ、私には計り知れない深い場所に行ってしまうのだろうか。


瞼の向こうにかすかに光を感じる。

あれからどれくらいの時間が経ったかわからない。私は静かに目を開けた。そこに、深い闇の気配はなかった。客車の中には、相変わらず車輪が軋む音が響いていた。

窓の外を見遣った。夜は明けたらしい。私はその薄汚れた窓を開けてみることにした。びゅうびゅうと風が入り込んで、私の髪を揺らした。外は醒めるように明るかった。

私は驚いた。車窓の向こうには、広大無辺の青空、漂う白い群雲《むらくも》、ずっと遥か下に広がる大地がある。

私は目を見張った。気がつかぬ間に、汽車は空の上、蒼穹の中を泳いでいたのだ。鳥の姿さえない遥か空の高みを線路が通り、その上を汽車が走る。

雲の波間を潜り泳ぐこの汽車に乗っていると、いよいよ途方もなく遠い場所までやって来たんだと思った。他方、目的地が近づいているとも。私は立ち上がり、窓の縁に手をかけ身を乗り出すと、眼前に広がる景色に目を凝らしてみた。すると前方に、雲間を切り裂いて、白い断崖が見えた。一瞬目を疑った。とてつもなく大きいその壁は、この龍のように長い汽車の車体さえ取るに足らないちっぽけな存在だと言わんばかりの風景だった。

私は不思議な高揚感を覚えた。汽車は怯《ひる》むことなく、あの巨壁に向かってスピードを上げ近づいていく。そして近づくにつれ、わかってきた。果てしなく巨大な崖だと思ったものは、どうやら何かの建造物の壁らしかった。

「あれは……？」

その時、機関室のドアを開けて車掌がやって来た。

「お客様、もうじき終点に到着いたします。揺れますので席にどうぞ」

「もしかして、あれが王の城？」

車掌は私の席の背もたれにそっと手を置いて、言った。

「左様にございます。あれこそ蝿の王、ベルゼブブ様の居城になります」

その想像もつかないほどの大きさを誇る建物こそ、王の城だったのだ。城の造りは、白っぽい崖に見えるほど、単純なものに思える。その大きさに反して、王の権力を誇示するような意匠や華美な装飾は、ここからでは確認できない。わずかながら、黒い穴のような窓が開いているのがわかる。黄金色の尖塔《せんとう》が、樹木の枝のように、ところどころからずっと天に向かい伸びている。私は息を呑んだ。城の頂上はここよりずっと遥かに高い九天を突き、その全貌を見渡すことなど到底できないだろう。

城は、この世界を統《す》べる王が居座るのに申し分ないスケールだった。

その間に、汽車はみるみる城の内部へと吸い込まれていった。

「終点は、城の中心部にございます」

「いよいよ、王の城に着くのね……」

「ええ」

「汽車に乗って……どれくらい時間が経ったのかしら」

私は独り言のように呟いた。

すると車掌は、涅色の上着の内ポケットから懐中時計を取り出した。照明に反射する懐中時計のチェーンが、涙のようにきらきら光った。

「お客様、時間の経過とは相対的な事象に過ぎないのです。一秒も十億年も、貴女の捉え方次第……」

たしかに、どれくらい時間が過ぎたか確かめようとするなんてひどく近視眼的だと我ながら思った。砂原の風に流れる砂粒を一つ一つ数えるようなものだ。私は、そっと自分の両手を見た。まだ肌色をしているそれは、たしかに私の十本の指。黄色く薄汚れたシャツも、まだここにある。あの世界で、普通に生活していた時のまま……。ただ一つだけ言えるのは、時間は後戻りしないということだけだ。

「私めは、ただこの列車の運行をしているだけ。貴女はこれから蝿の王の下へ向かわれます。そこで貴女の求めていることも、世界の真実も、すべて明らかになりましょう」

私はゆっくりと唾《つば》を飲み込んだ。

「さぁ、到着しますよ」

汽車は轟音を上げ、聳え立つ山脈のごとき巨城の中腹に穿たれた暗黒の隙間に滑り込んでいった。

窓の外はまた暗くなった。城の内部のものと思われる光焔《こうえん》が大きく煌々と点ったり、そうかと思うとまた消えたりしていた。神秘的な光に吸い寄せられるように、汽車は進行した。

トンネルを抜けると、薄明かりの点る空間に、広いプラットホームの列が出現した。線路とプラットホームが合わせ鏡の世界のように、平行して何百本と並んでいる。しかし、他の列車の姿は見受けられない。

汽車は、濡れた鏡面のように磨かれたプラットホームに沿って、静かにゆっくり停車した。高い金属音が反響し、先頭車両から蒸気が立ち込める。

汽車が停車すると、客車の前後にあるドアが、蒸気とともに勢いよく開いた。車掌は先に前に歩み出て、「こちらです」と私を呼んだ。私はぐっと右手を握り締め、一歩一歩確かめるように客車の床を踏みしめた。扉の前に立つと、どこか冷え冷えとした空気が頬に伝わってきた。

プラットホームに静かに足を降ろした。靴音が反響する。プラットホームから垂直に細く長く伸びる柱が、この空間を支えている。柱にはランプの明かりが点されて、それがわずかにこの暗闇を明るくしていた。私は緊張感を持っていた。私の持つすべての感覚が研《と》ぎ澄まされていく気がした。

私を連れてきた汽車は、すでに煙を吐くのを止めている。もうずっと前からそこに鎮座しているように動かない。車掌も、その凛然《りんぜん》とした佇まいを崩さない。

「ここまで乗せてきてくれてありがとう、車掌さん。貴方が乗せてくれなかったら私……」

「私が貴女を助けたのではありません。貴女がご自身を失わずにおられたからこそ、ここまで来ることができたのです」

私の瞼の裏に、見知った人の変わり果てた姿が想起される。すると車掌は、角帽を脱ぎ、ゆっくりと顔の包帯を剝がし始めた。私はその神聖とも言える光景をただ見守った。黒くくすんだ包帯が取り払われると、そこには顔などと呼べるものはなく、ただがらんどうの空間があるだけだった。車掌の顔を通して、向こうに続く果てしないプラットホームの暗がりを見通せる。つまりそこには本来あるべきものがない。車掌はどこからともなく響く声で言った。

「不肖ながら、私にもかつては肉体がありました。ですが、果てしなく長い年月の戯れの中でいつしか失われました。そして今はこのように、この世界の一部として、この汽車を運行しているのです。……蝿の王は、そんなこの世界のすべてを統べる王。さぁ、王の間に行くのです。さすれば、貴女のお知りになりたいことはすべて明らかになるでしょう」

私はゆっくり頷いた。政博が消えてしまったこと、そして人類に異変が起き滅亡してしまったこと、すべて蝿の王の仕業なのだろうか。それとも王ですらそれを止めることはできなかったのだろうか。私はそれを確かめなければいけない。

車掌は私の立つプラットホームの向こうに手を差し伸べた。

「この先にエレベーターがございます。エレベーターは、王の間へ直接通じております」

「車掌さん、私、王の下へ行くわ」

「行ってらっしゃいませ。王は、厳しい試練を貴女に与えるかもしれません。……ですが、どんなことが起こっても、それを受け止めるのは貴女ご自身なのです。どうか、ここへ来た目的をお忘れなきよう」

そう言って、車掌は白い手袋をそっと外し、手を腰の前にやり深々と礼をした。すでに実体を失った車掌の言葉を、私は静かに胸にしまった。

十二

私は車掌に丁寧にお辞儀をしたあと、教えてもらった方向に歩き出した。

荘厳な雰囲気に支配された、長い長いプラットホームが続いている。カツーンカツーン、と自分の足音が闇に響いては消えていく。床は磨き上げられたガラスのように透き通っていて、自分の姿がそこにそっくり反射していた。私は後ろを振り返りたくなるのをぐっと堪えて、歩き続けた。

次第に、この終着駅を照らしていたランプの灯火も徐々に暗く見えなくなっていった。幾筋もあったプラットホームも、いつの間にか姿を消していった。そして、自分が歩いているこのプラットホームも徐々に幅が細くなり、ようやっと人が一人歩けるくらいの幅になってしまった。両脇に視線を送る。そこにはずっと線路が走っているはずなのに、実際は夜の海のように杳々《ようよう》と淀んでいるだけだった。一歩でも踏み外せば、二度と這い上がってはこられないだろう。私は息を呑み、歩き続けた。

その時、わずかに前方で機械のような規則的な音がするのに気がついた。足を進めると、細くなったホームの先に巨人の足のような柱が出現した。その袂には、たしかに両開きの扉があるのが見える。私は嬉しくなってエレベーターに向かった。車掌が教えてくれたことは本当だった。慎重な足取りでその前に立つと、私が来るのを待っていたのか、自然に黄金の扉が開いた。

小さな私を吸い込んだエレベーターの内部は、天井からの灯りが煌々と照らされ、それが金色の内装をより眩しく輝かせていた。エレベーターは私が乗ると同時に自動的に運転を開始した。天井付近に示された矢印がいくつもの数字を数えていく。

幾許かしてエレベーターは突如停止した。

扉が開く。その途端熱気のようなものが肌に伝わった。

奥のほうから大勢の人のような声が聞こえる。足元には、眼の覚めるような緋色の絨毯《じゅうたん》が敷かれている。私は恐る恐るエレベーターから降りると、絨毯に沿って歩いた。紫色の不気味なランプの妖光《ようこう》が足元を照らしている。

視界が開けたかと思うと、そこには信じられないほど広い空間が広がっていた。開け放たれた窓、オレンジ色の電燈が照らす広いパーティホール。臙脂色の艶めかしいドレープカーテン。真っ白な大理石のテーブルに並べられた、色鮮やかで豪奢な――かつて私がいた世界の最上級の品と思われるような――料理、酒の数々。そして、それらを嗜《たしな》み、啄《つい》ばむ者たち。――人？　パーティには大勢の人の姿があった。それがランプの火のように揺らいでいる。

唖然とした。これまでとはあまりに違う世界が目の前にある。

王の城には人がいるというのか。たしかに、目の前で繰り広げられている不可思議な晩餐《ばんさん》はそれを信じさせるものだった。

ドーム状になったホールの中央に吊るされた過剰な金の装飾のシャンデリアが、煌々と光を放ち続けている。秘密めいたこの会場で、皆それぞれに、絢爛《けんらん》豪華なイブニングドレスや燕尾服《えんびふく》を纏い、歓談に耽《ふけ》る。顔にはエキゾチックな蔦模様の意匠がされた仮面を被っている。仮面が光に照らされて金色に光っている。奇妙な熱気に浮かされ、眩暈がする。

目の前の景色が何を意味するのか、私にはわからない。ただ、パーティの熱は渦を巻くように私を招いているような気がした。私は、しばらく隅の暗がりに一人立って、その異様な光景を眺めていた。

どこからか、流麗な音楽が漏れ聞こえてきた。それに合わせるように、シャンデリアの灯りの下で舞い踊る人たち。男は女を喰らうようにべったりと寄り付き、女は欲情を解き放ち火照りを冷ますようにステップを踏む。よどみなく、延々と、欲望のまま熱狂し、踊り続ける。ある男が手を伸ばせば別の女が手を取る、というように。それは飽きることなく続いた。原色の煌びやかな衣服に身を包んだ人たちは、さながら誘蛾灯に集まった妖しげな蛾のように。

　自分が腕を組んで佇んでいると、踊りの輪から離れ、こちらにやって来る者がいた。深く吸い込まれそうな漆黒の燕尾服を身に纏い、黄金の装飾が施された仮面を付けた男だ。

　男はこちらへ白い手を差し伸べた。

「ご婦人、私と踊りませんか？」

　私はその誘いに何か言い知れぬ不穏な気配を感じ、一歩、二歩と後退りした。

「ごめんなさい、私行くところがあるんです」

　そうだ。ここで見とれていてはいけない。私は王のところへ行かなくてはいけないんだ。ざわざわと人々が踊り狂う中、麗しくもどこか底知れぬ不気味さを漂わせる男は、なおもしつこく手を差し伸べてくる。

　私はこの男に堪らないほど嫌悪感を覚えて、その手を振り払った。

「嫌です！　やめて」

　すると男は姿勢を正し、仮面の下の唇を吊り上げて見せた。

「なぜ拒むのですか？　ご覧なさい、この素晴らしい世界を。ここにあるのは贅沢の限りを尽くした食事、酒、宝石、装飾品……。奇麗なドレスだって、溢れ返るほどの富だって、永遠に続く快楽だって、ここではすべてが手に入るのだよ？　そう貴女が望みさえすれば」

彼は自分の後方に広がる光景を、私に示した。

「貴女が私と踊りさえすれば、すべてが叶うのだよ。さぁ踊ろう。貴女の秘め処を見せておくれ」

私はなおも執拗に手を差し伸べてくる男の手を思い切りはたいた。吐き気がした。この不自然に豪奢なパーティも、ただのまやかし、おとぎの国の出来事にしか思えなかった。

すると、男はやれやれと首を振り、すっと顔につけた仮面に手をやった。

「ほう。私にそのような態度をとるとは」

男はぞっとするほど低い声で言った。

戦慄が走る。会場の人々の眼が、突然私のほうへ向けられる。

「素直に従っていればいいものを、人間の分際《ぶんざい》で」

男は冷酷に言い放ち、一挙に仮面を取り払った。

男の顔は黒い絵の具で塗りたくられたようになっていた。いや違う。よく見れば、そこには底の見えない黒い穴が穿たれていたのだ。アッと私が叫ぶと、男の黒い穴から紫色の薄気味悪い巨大な舌が這い出て、こちらに迫ってきた。

すると、周りで踊り狂っていた人々も、同じように変化した。料理も酒も装飾も、煌びやかに見えた景色は瞬時に泥へと姿を変えた。すべてはただのまやかしであった。蠢く泥が、舌が、触手となり私の足に絡みついた。羽織っていたシャツも巻き込まれてしまった。景色がぐにゃぐにゃに歪んで、私の身体を飲み込もうとする。

『人間に何ができるというのだ、偉そうに』

『私たちと一緒になりましょう？』

『王は寛大なお方だ、王と一つになりたまえ』

『王は素晴らしいお方よ』

『王は偉大なり。王の裁きを受けるのだ』

『貴様も王のものになれ。ちっぽけな身体など捨てるのだ』

『己に固執することなかれ。すべては一つ。すべては王の……』

闇の声がいくつもいくつも、不協和音となって私に襲いかかってくる。折り重なるような声は、辛うじて保っていたこの心をズタズタに破壊するように訴えかけてくる。

私は、この肌に、神経に、舐めるように絡みついてくる触手から、どうにか抜け出そうとした。しかし、その暗黒の触手は、いくつもいくつも私の足に、腕に巻きついてきて、行く手を遮り、私をこの深い場所に留めようとした。

『さぁ楽になれ。我々は王と共にある。汝《なんじ》もすべてを王に委《ゆだ》ねるのだ』

追い討ちをかけるように、自我を揺さぶる声が私を襲う。

（このままじゃ何もかも飲み込まれちゃう……！）

私は前を見た。ドス黒い触手が私のすべてを飲み込もうとする中、何かが光っているのが見えた。指輪だ！　左手の指輪がこの闇の一点の光となり、澪標《みおつくし》となって、私を留まらせた。最後の力を込めて、私は左手を挙げた。その先に白い光が見えた。それはここまで支えてくれたあの政博のシャツだった。なおも私を飲み込もうとする闇に私は必死で抵抗し、彼のシャツに手を伸ばそうとする。だが、その間にも混沌《カオス》が私の身体を包み、すべてを覆い尽くそうとしている。

（このまま何もできないで終わるの？）

その時、遥か向こうから私を呼び起こす声が聞こえた。

『――葉子、諦めちゃだめだ。来るんだ、僕のところへ……』

声と共に、私の右手を摑むものがあった。

懐かしい温もりだった。

どこからか、心地よい音が流れてきた。

私はゆっくりと瞼を開けた。辺りに光はないが、なんとなく夜明けが来たような匂いがした。

冷たい水の流れが、私の身体を包んでいるらしかった。視界に映る白い皮膚、腕、十本の指。紛れもなく自分のものだが、それらは今、滔々とした水の流れに浮かんでいるようだった。

「ここは」

上半身を擡げた。辺りは暗い。ここはどこなんだろう？　王の城だろうか？　それとも、私はついに死んでしまって、どこかまったく違う世界に運ばれてしまったのだろうか。左手の人差し指の指輪もなくなってしまっている。ということは、やはり王の近くまで来たのだろうか。

不思議なことに、私は自分でも気がつかない間に薄い生地の水色のドレスを着ていた。ドレスが水に浸り、透き通っている。まるでこれから大いなる神の前で殉教するかのようだった。私が浮かんでいるその川は深い淀みではなく、ごく浅い、また清々とした小さなせせらぎだった。闇の向こうにある上流から、いくつもの花が流れていた。私は流れ行く花を一輪手にした。白く淡い色の花だ。殉教するのだとしたら、ここは相応しい場所なのかもしれない。

不思議な気分だった。私は静かなせせらぎに腰をつけたままでいた。両手で透き通った川の水を掬い、戻す。これまで味わってきた数々の体験と比べると、いつにないくらい心が静かだった。私はこの果てしなく広い世界の、この空間の、この淵で、一人座っている。

「政博」

静かに呟く。言葉は一瞬響いたが、またすぐに清流の向こうの薄暗がりに消えていった。唇がその言葉の答えを欲していた。意識が途切れる前に感じたあの感触、温もり……間違いなく彼のものだったのに。

――政博。

こうしてはいられない、と、私は力を振り絞って、水を含んだ身体を持ち上げ立ち上がり、濡れた身体を引き摺って、川の流れに逆行して歩いた。そうして、しばらくこの薄暗がりに私の水を掻く音だけが戯れに響いた。

花が流れてくる奥のほうへとひとり歩いていくうち、辺りはとてつもなく広い空間であることがわかった。闇だけが、静かにそこに座しているかのように。そして、その空間の中心に、遥か高みまで伸びている一本の樹がある。その樹は見上げても見通せないほど遥か高くまで茂り、枝葉は天井のない空間に無限に伸びている。そして、小川の細流はその傍らからずっと流れてきている。私は何かを感じとって、その樹へと急いで向かった。

「政博！　お願い返事をして！　私ここまで来たのよ。あなたを追って来たのよ！」

叫ぶも空しく、自分の声だけが空間に反響して消えていく。それでも、私は水の流れに逆らって、ようやく大樹の近くまで来た。遠くから眺めていた時より遥かに背が高く、枝葉は放射状に伸びている。そして、それは一本の樹というより、無数のしなやかな銀緑の枝が絡まり合い、束となって、一つの樹となしているようだった。私はさらに近づく。樹の枝には、見る者を寄せ付けないような鋭い鉤針《かぎばり》のごとき棘がびっしり生えている。

私はたしかに感じていた。そう、必死に探したあの人の雰囲気。

するとその時、樹の内側から微かな声がした。

「……葉……子？　そこ……に……いる……のか……」

掠《かす》れてはいる。だが、間違いようのない、その優しい声。私が幾度も地獄を這いずってまで求めたその声。

「政博！　政博なのね！　そこにいるのね⁉」

私は樹の幹に耳を当てた。

「葉子……す……ま……ない……僕は……」

涙が溢れ出すほど嬉しかった。声はたしかに政博のもので、それが今、この樹の内部からはっきり聞こえるのだ。

「大丈夫よ、今助けてあげる！」

私は枝を思い切り掴んだ。鋭い棘が手に刺さり流血するも、気にしなかった。あらんかぎりの力を込めて、枝を一本一本引きちぎる。

「もう少しよ」

幾度もそれを繰り返すと、ついに、彼の白っぽい体が見え始めた。上半身に何も纏っていない彼の身体には無数の枝が這うように絡み付き、棘が突き刺さっている。さらに枝をちぎると、右腕が露出した。彼は、震えながら辛うじて動く右手を私のほうへ差し伸べた。私はそれを両手で固く握った。温もりが返ってくる。そうだ、この温もりこそ、私の魂が強く希求したものだ。

「苦しかったよね。辛かったよね」

私はさらに彼の顔の周囲や上半身を覆う枝を力ずくで引きちぎった。手がズタズタに引き裂かれ血が噴き出す。それでも構わず続ける。身体に残された力を振り絞っても、彼を磔にしているすべての枝を引き剥がすことは叶わなかったが、それでもようやく、今まで彼の顔、身体を覆っていたものが露《あらわ》になった。それは、棘により傷ついてはいるものの、政博のものに違いなかった。熱を失ったように白く、苦悶の表情で目を閉じている。ああ、貴方のいない時がどれほど苦しかっただろう。待って待って、待ちくたびれた人が、今、目の前に……私が、心の底から求めた彼の姿……一切の嘘偽りない彼の姿……。私は彼の顔を撫でた。彼もそれに反応し、ゆっくりと瞳を開けた。

「葉子……。僕は……君を……守り……たかったのに……」

「いいの、もういいのよ。今あなたに会えたんだから」

私は彼を自分のほうへ抱き寄せるようにキスをした。夢の中ではない、幻ではない、本当のキスを……。

「私がいけないの。あなたのことをもっと理解しなくちゃいけなかった。あなたを助けなくちゃいけなかった。もっと自分に素直になって、あなたを愛さなくちゃいけなかった」

私の頬を涙が止めどなく伝う。政博は力なく私の背に手を回して言った。

「……ありがとう……」

ようやく彼らしい柔らかな微笑みが見られた。

「葉子……聞いておくれ……もう時間がない……。僕の身体はもう……。最後に言いたい……本当にありがとう。心から愛している……誰よりも……」

そう言うと、彼は私の肩に回していた手を離した。

その時、私はハッとした。背後に何者かの気配を感じる。一瞬にして、空気が氷のように張りつめる。何か途方もなく大きな掌に、そっと摑まれているような感じだった。

私は依然として枝が絡み付いている政博に「待ってね」と声をかけて、後ろを振り向いた。

「誰？　そこにいるのは」

私はその気配の正体を探した。すると、私が歩いてきた小川の辺り、遥かなる闇のカーテンをバックに、誰かが椅子に座っているのが見えた。さっきは気づかなかった。

——男？　彼は、大木の陰にいる私たちの姿を見つめていた。そして超然とした様子で、小さく古びた木の椅子から立ち上がり、こちらへ歩み寄ってきた。

「誰なの？」

私は訝《いぶか》しげに尋ねた。すらりと背の高い男は右手に分厚く黒檀《こくたん》のような背表紙の本を掲げている。白く穢れのないシャツ、闇に融けそうな漆黒のズボン……。

「私に名を尋ねるとは、愚かな」

明らかに人のものではない、厳粛《げんしゅく》さがそのまま形になったかのような低い声。彼が近づいてきてその顔が明らかになった時、私はひどく混乱し、言葉を失った。

見覚えのあるその黒髪、切れ長の目、長い睫毛。

「政博……」

私の濡れたドレスは、沸き上がった熱を再び冷ますようだった。氷のように、いや氷よりもっとずっと、その視線は冷たかった。たしかにその顔は、政博と瓜二つ。なのにどうしてだろう、この突き放すような冷たさは……。

男の白銀に光る眼差しは、いつかの夜の政博の姿を思い起こさせる。それは人間のものではなく、醒めた、この世界のすべてを冷たく見通す目だった。

私は細胞の一つひとつが溶け出していくような感覚に襲われた。へなへなと、再び川の中にしりもちをついた。水しぶきが暗闇に跳ねて消える。早く政博を自由にしてあげたい、と頭では思っているはずなのに、今眼前にいる圧倒的な存在に、私は釘付けにされてしまった。

「――女よ、そなたが人間でありながらここまで辿り着いたことは賞賛しよう。なぜなら、ここは我が城のもっとも深淵《しんえん》な場所であり、何者をも遠ざける場所だから」

男にはたしかに政博の面影があるのに、その立ち振舞い、雰囲気には神性が宿り、粛として遥か高みからちっぽけな私を見下ろし、また突き放すようでもあった。

「もしかして……あなたが王なの……」

「そうだ。私こそが王。そなたらが蝿の王、ベルゼブブと呼ぶ存在」

鋭く研ぎ澄ました剣のような言葉。そして、ようやく辿り着いた、王という答え。

私は、身が震え怯みそうなのを堪えながら叫んだ。

「政博を自由にしてください！　政博には何の罪もないんです!!」

けれど、王はほんのわずか首を傾げるだけで、全くその姿勢を崩さない。私の質問など何の意味もない、という風に。その態度こそ、彼が世界を統べる王であるという絶対的な事実を突きつけているようだった。

「何を言っている？　その愚かなる男は、私の化身《けしん》に過ぎない」

「化身……？　化身とはどういう意味？」

私が問いかけるも、王は一切表情を変えることはない。

「私の魂をほんのわずかに人に与えた、人の形をした種のようなものだ。我が身体より生じた陽炎、それがその男だ」

すると、政博を捕らえている大樹の枝がするすると動き出した。地際《じぎわ》から銀緑の太い茨《いばら》の枝がいくつも伸びだし、また政博の身体を包んでしまった。

私は彼の名を叫んで大樹にしがみつこうとした。だが、私の身体は今までにないほど重く、到底大樹まで手を伸ばすことは叶わなかった。その間にも、大樹はみるみる成長し、磔にされた政博は断末魔さえあげることもなく枝に飲み込まれ、そのまま何事もなかったかのように樹とひとつになった。

「政博をどこへやるの!!」

私は王に懇願《こんがん》するように叫んだ。

「……諦めるのだ。これは彼《か》の男の運命。私とて如何様《いかよう》にもできん」

私はそれ以上何もできなかった。政博とわずかな時間とはいえ再会したことによる安堵が、私のどうにか形を保っていた魂の結合を緩くしてしまった。そして、圧倒的な王の力の前には、人間の力など砂の一粒、水の一滴にも及ばないのだった。

私は顔を振りながらさめざめと涙を流した。滴《しずく》がいくつも頬を伝って、せせらぎに消えていく。握り締めた両手が震えた。

「あんまりだわ……政博は……政博はあなたの化身で、人間ですらなかったって言うの……。すべてがあなたの掌の上だったって言うのね……。私はなんのためにここに来たっていうの……。明日香は政博がここにいるからって……」

私は止めどなく泣いた。王の言葉は辛うじてつなぎとめていた私の魂に死の宣告をするものだった。

すると、王は悠然とした足取りで、淀みないせせらぎに足を踏み入れ、見下ろすように私の傍らに立った。

「明日香だと？　——あの男のことか」

王は、私に言葉を投げかけた。

「明日香を知っているの？」

私は王の顔を見た。王はしばらくの間、このたゆたう清流の奏でる音に身を任せるように目を瞑り、そして言った。

「そなたが人でありながらこの深淵まで辿り着いたことを不思議に思っていたが、奴の導きがあったのだな。奴は、自らが認めし存在には真なる知恵を授ける。ならば」

あくまで厳かな佇まいの王は、右手に持った古書のページをはらりとめくった。

「女よ、真実を知りたいか？」

「……真実？」

王は黙って後ろを仰ぎ見た。政博を飲み込んだ巨木。今度は何か細かい淡い桃色のものがハラハラと舞い落ちてきた。花――？　天井もないこの空間の遥か上方にまで伸びた枝の先々で、一斉に無数の桃色の花々が沸き上がるように咲き、そして散っていく。細かい花が雨のようにいくつもせせらぎに浮かび、流れ去っていく。まるで樹に取り込まれた政博がこの薄桃色の花そのもので、彼の命の営みのすべてをその一瞬で眺めているようだった。私は、傍らに落ちてきた糸のような花をそっと掬い上げた。

その様を見届けるように王は言う。

「そなたはここに辿り着く前、深き闇の世界を見たな？」

「ええ、見たわ」

「この深き闇の世界を漂う者たちは、すべてかつてはそなたと同じ人間だったものだ。彼らは表の世界で命を失ったあと、ここへ流れ着いてくる。――元の形を失い、抜け殻のようになって、この世界を漂うのだ。彼らの変わり果てた姿、それがいかに愚かで、いかに醜いか。どんな人間でもそれから逃れることはできない。死してなお、人間は欲望から自身を解放することはできないのだ。なぜならそれが人間の本性なのだから。その有様がいかに儚いものかを、そなたは見たのだろう？」

「そう……そうだけど」

　私は精一杯答えた。

「でも……でも……それが人間なのよ。人間がいかに愚かしくて、いかに傲慢だからって、それが人間なの。私だって……同じだわ。自分の愛……自分の欲望のためだけにむざむざここまで来たのよ」

　先ほどまでと変わって、王の厳粛な雰囲気が少し柔和になった。私は今、きっと試されているのだと思った。

「形を保ったままでここまで辿り着いたそなたの力、いかに奴の導きがあったとはいえ、そなたの賢さ、気高さを認めよう。だが、そなたはまだ弱い。これから私が話すことを、心して聞くがいい」

　王は、その玲瓏《れいろう》たる眼差しで私を試しているようだった。

「もちろんよ」

　もうここまで来たのなら、王のどんな言葉、どんな裁きにも耳を傾けようと思った。どのみち、私の死期が近いことはわかる。政博に会うことも二度と叶わないのだろう。けれど、この政博と同じ顔をした、計り知れないほど大いなる存在が語る言葉、それを聞いてから死ぬとしても、遅くはないだろう。

　王は携えた古書のページを捲《めく》り、言った。

「――女よ、そなたが求めた男、政博は、私の化身だ。彼の役割は人間の世界で人として生き、暮らすことだった」

「なぜ……？」

「人間の運命――栄華を極めた人間の、行く末を知るためだ。私の化身はあらゆる世界に無数に存在する。すべてはこの世界の運命を知るため。私はこの場所にいてそれを見守っている。そして、すべての生物は滅びの運命にある。人間とて例外ではない。滅びては、再び地上に姿を現す。何万年も、何億年も、変わることなく。円環《えんかん》の理はこの世界の理――すべては淀みなく循環しているのだ」

幽玄ですらあるこの細流。私は腰をつけたままだった。どこまでもどこまでも身体が沈んでいくような感覚がした。彼はたおやかな手でページを捲っていく。

「いかほど地上に人間が繁栄しようとも、その英知を尽くそうとも、戦争、天変地異、そして疫病――厄災が、いとも簡単に人間を駆逐する。そう、人類は幾度となく滅亡しているのだ。そして消えては、また幾時代もの時間をかけて、再び自らの文明を構築するまでに繁栄する。――今そなたが生まれた時代も、その一つの過程に過ぎない。長い時間の中の、ほんの束の間の出来事に過ぎないのだ。どのように抗おうとも、すべての生き物に平等に死は訪れる。人間とて決して例外ではない。破壊と再生の繰り返しこそが、この世界のあるがままの姿、真実なのだから」

「そんな……」

　王は話し伝えることを止めない。

「私は戯れに、人類の行く末がどうなるか、政博の身体を通して知ることにした。すると驚くべきことに、彼は来るべき滅亡を知りながら、それを食い止めようと考えたのだ。思ってもみないことだった。彼は、王である私が与えた宿命に自ずと背いたのだ。彼は、人類が滅亡する発端となる疫病に抵抗するワクチンを、死力を尽くして開発し自らの身体で試した。だが結局、ワクチンの効力は十分ではなく、彼の身体も病によりもたなかった。彼の身体は脆い人間のそれに過ぎず、とても滅亡の運命に抗いうるものではなかった」

「政博は……あなたが言うように来るべき『死』がわかっていた。運命がわかっていた。だからそれを必死で止めようとした……！　あなたが政博を殺し、人類を滅亡させた……！」

　私は思わず声に漏らした。

「女よ、聞くのだ。滅亡は私が望んだことではない。滅亡は宿命なのだ。私は宇宙が生まれた時すでにここにあり、初めて人が人となった瞬間よりその運命を見ていた。絶対的な死の宿命に逆らおうとする政博の有り様は、私にもその化身の身体を通して伝わった。だからこそ、その魂の崇高《すうこう》さを感じた私は、彼が病により死に至る間際、ここに連れ戻したのだ。あの大樹を見るがよい」

どこまでも伸びる枝、艶やかな葉、そして幻想のように美しく儚い淡い桃色の花。

「あれは我が身体の一部、命の繁栄を象徴した樹だ。政博の魂はあの大樹に取り込まれることで私と一つになった。樹はすべての人間の霊、すべての魂を集め成長し、無限に繁栄する。滅亡が人間の宿命ならば、再会、再生もまた宿命なのだ」

私は淵から立ち上がり、死力を尽くして言った。

「……政博のことを私は愛していました。心の底から、全身全霊で愛していました。私たちは弱い。ちょっとしたことで離れ離れになってしまう。あなたの言う死の宿命です。でも、だからこそ私たちには愛が必要なんです。私たちを再会、再生させるものこそ愛に他なりません。滅亡が運命なら、愛もまた私たちの運命……愛が私たちを引き合わせ結び付ける唯一の手段なの」

私は嗚咽《おえつ》した。ようやくわかった。私と政博の魂がどれほど離れようと再び会うことが叶ったのは、愛の力、愛の宿命によるものだと。

「それがそなたの力、愛だと言うのだな。女よ——政博の片鱗《へんりん》、記憶や思考は、今も私の中に残っている。彼は人類の黄昏時《たそがれどき》が間近に迫っていることを知り、今のこの世界を守りたい、と希求した。それは私が持ち得ない、矮小な考えだ。だが、実に人間らしい思想だった。彼は君に生き延びて欲しかったのだ。だから自らも犠牲にした。

結局、彼の望みは叶わなかったが、しかし君が、我が城に蠢く闇の眷属《けんぞく》たちの誘いを振り切ってここに辿り着けたのも、彼のお陰だろう。彼が願った。彼が君を求めていたのだ。すなわち、それがそなたの言う愛そのものだ」

私は胸をぎゅっと摑んだ。この身体のすべてに満ちる愛しさに、私は滔々と涙を流した。すると、王はそっと私に近づき、手を差し伸べた。不思議と今はあの押し潰されるような感覚はなく、まるで小鳥を掌に載せるような優しげな感じがした。

「彼とそなたの存在は、この果てしなく長い時間を戯れる私の垢《あか》を落とした。誰もが、自身の宿命には逆らえん。だが、時間、空間を超えた愛こそ、力となる」

私は王の顔を見た。深い慈悲に満ちた王の面立ち。その銀色の瞳はすべてを見通している。すると王は静かにページを開き、私の足元に流れる浅瀬を指差した。ほの暗く、きらきらとわずかな光を反射するせせらぎに、広大な青空がスクリーンのように映し出された。

「女よ、我が試練を受けよ」

「試練？」

「私の愛を知るのだ」

「愛？　あなたの……愛」

王がその細く長い指を動かす。薄いドレスを纏っていた私の肉体は、一瞬にして一滴の水に変化した。そしてゆっくりと……青空のスクリーンに溶けだしていった。

私の意識は、空中に浮かんでいた。

ふわふわとして止めどなく、留まる処もない。空を漂う雲と同じだ。

遥か下に見下ろしているのは、私が住んでいた世界、私が住んでいた街。

私は吸い込まれるように地面に近づいていった。そっと降り立つと、そこは風だけが吹く、ただただ荒涼な景色が広がっていた。私が歩いたあの時よりさらに荒廃が進み、誰にも管理されないビルは傾き、どの家も崩れ落ちて、電柱の電線は垂れ下がり、お店の窓ガラスも公園のベンチもひび割れ、ぼろぼろに崩れ去って、その形を失おうとしている。今、ここに動くものの姿は何一つない。時間の経過は無慈悲で、風が、景色を塵にしていく。ここは人間が英知を尽くして築き上げた街のはずだった。アスファルトで、人間は王の城に近づくための塔を築いた。しかし、すべては砂上の楼閣。神の手を下すまでもなく、脆く、崩れ去った。すべては、ここにない。たしかに人類は、ある日を境に滅亡してしまった。

私はその景色をずっと見ていたかった。寂しさのような感触が、政博と過ごしたあの日々の破片が、まだ私には残っていた。けれど私の意識は風になったかのように流されていってしまった。やがて凄まじいスピードで街を離れていった。

私の人であった意識も徐々に変化し、いつの間にか、私の姿はちっぽけな蝿になっていた。

一匹の蝿だ。あんなに忌み嫌っていた、矮小な虫の姿に。


蝿になった私は、あてどなく森に迷い込んだ。

その深い森は光彩に溢れ、植物が、自然が、何の干渉も受けず、自由気ままに息づいている。私はそのあるがままの姿を見ていた。川が流れ、何千万種の生命が地上を謳歌《おうか》し蔓延《はびこ》る。植物は太陽に向かって葉を茂らせ続け、極彩色《ごくさいしき》の花々は咲き乱れ、実を結び、それを糧《かて》にする動物が繁栄する。すべては自然の成すまま、ありのまま……。

私はふらふらとある一本の大きな樹に辿り着いた。その袂に誰か座っている。

（誰？　そこにいるのは。人なの？）

「やぁ、久しぶり」

男は私に顔を向けた。森を吹き抜ける薫風に揺らされる柔らかい髪、甘くすぐるような声。真っ黒なスーツ、その背中から生やした大きな黒い翼。

（誰？　明日香……？）

「覚えていてくれたんだね。嬉しいよ」

そう言って、彼はそっと手を差し伸べた。私は彼の掌に止まった。

（ごめんなさい、私）

私は彼の掌に止まると、羽も足も、もうそれ以上動かせない気がした。

「謝ることなんてないさ。どうやら、ちゃんと王に会えたようだね。君ならやり遂げるって僕は信じていたよ。さ、それより見てごらん」

彼は翼を広げ、大木の袂から飛び上がった。眼下に広がる生命を育《はぐく》み続ける森、川、そして海の姿が、私の目を奪った。

「葉子ちゃん、君だけに教えよう。僕の本当の名はアスモデウスというんだ。僕は本来は王の眷属だった。だけど、僕は王の枝葉になる気はない。僕は王とは違う。自分のやりたいようにやらせてもらう。それが僕の流儀だからね。さぁ、君のその魂が消えてしまう前に、いいものを見せてあげるよ」

自らをアスモデウスと名乗った明日香は、私を連れ、猛スピードで飛んだ。

いくつかの山を越え、谷を越え、海を越え、丘を越えた、なだらかな平原に、彼は降り立った。

そこには、見覚えのある生き物の姿があった。

（ああ……ああ……）

人だ。人間だ。

みすぼらしい衣服を纏い、崩れ去りそうなかつての文明の遺跡の前で火を焚《た》いていいる。子どもらが犬を追い回している。彼らのはしゃぎ声が広い空にこだましている。それを見守る夫婦は、未来に向けて思いを馳せているようだった。

滅びたと思った人間の姿がたしかにそこにはあった。

明日香は、黄昏の空をバックに呟いた。

「前に僕は人間が好きだと言ったね？　僕は人を誘惑し、人に知恵を授ける悪魔。何度黄昏が訪れ、何度その文明が滅びようと……必ずまた秋が訪れる。実りの秋がね。その長い過程で、ときどき君みたいに賢くて素敵な女性に会えるから、やめられないんだ」

私は言葉を発することもできなくなっていた。

私の身体は明日香の手に包まれて、やがて動かなくなった。

明日香の蠱惑的な瞳が、黎明期《れいめい》にある人々の営みを見つめている。

やがて人間の営みは歯車を回すように急速的に発展していく。その中で再び人は自身の力を発揮し、溢れかえるように文明を発展させ、繁栄の限りを尽くす。だがそれも束の間、ある日を境に、鮮やかだった色彩は急速に褪せ、枯れ、失われていく。気温の変化、大気濃度の変化、地殻変動、天変地異、そして、疫病の流行……環境の変化は圧倒的に訪れ、生物を飲み込んでいく。環境だけではない、人間自身も自らの欲望、傲慢さに気づくことができず暴走し、やがて死という結果に収束する。それは、あらかじめ示された運命。その時、またしても人間の文明は失われてしまう。だが、その残酷な運命は人間だけに訪れるものではない。この世に生命を持った存在は、誰も、この死の運命から逃れられない。

死した生命はより深い世界へと流れ、再び花を咲かせるように地上に生まれ変われる。

どんな生き物も、この循環から抜け出すことはできない。

今になってやっとわかった。私もこの輪廻《りんね》を生きていたんだ。

＊

とてつもない長い時間のあと。

私の意識は、またあの王の間を流れるせせらぎの岸辺に辿り着いていた。時計の針がいくつ回っただろう。ようやくここに戻ってきたのだ。

私はまた人間の、葉子としての身体に戻っていた。最初にここにやって来た時と同じ、青く薄いドレスに身を包んでいる。だが、自分の身体なのに、指一本動かすことはできない。ただ静かに神の啓示を待つように、胸の前でしっかり両手を重ねている。

自我と呼べるものもほとんどなくなり、今にもこの清浄なる流れの中に溶け出しそうだ。

岸辺には変わらず巨木が葉を茂らせ、その袂の椅子には蝿の王が、いつかと同じように腰かけていた。王は水面に仰向けに浮かんでいる私を、銀色の眼差しで見つめている。

王は立ち上がり、せせらぎにゆっくりと足を踏み入れると、私の傍らに寄った。そして、私の額にそっと手を置いた。

「よくぞ戻ってきた」

彼はそっと私の髪を撫でた。その姿、柔らかな仕草に、私はありし日の政博を見た。

「愛しているよ」

たしかにそう聴こえた。王のものか、それともここにいた政博のものか。

（……ありがとう……）

王は微笑むと、私の身体を抱きかかえた。私の心はようやく真の安らぎを得た気がした。身体を包む温かさ、心の平穏。これこそが……。

すると私の纏っていた青いドレスの繊維一本一本が解かれていった。繊維は神々しい黄金色の光を放ちながら、ぐるぐると私の身体の周りを回転する。何本も、何十本も、ぐるぐると終わりなく回り続け、私の元の身体を一片の隙間もなく包み隠していく。

「最後に、そなたに見せてあげよう」

王はそう呟くと、そっと私を宙に放った。白い糸に包まれ繭《まゆ》のようになった身体は静かに宙に浮き上がっていく。

王は、黄金色に輝く繭になった私の身体と一緒に、空間に浮かび上がっていった。

視界が失われたにもかかわらず、不思議と繭の外の様子がわかった。王の身体からも、黄金の光が漏れ出してきた。王はそれまでの人の姿からみるみるうちに姿形を変え、髪を方々に散らし、背中からは薄く透き通るいくつもの羽を生やした巨身へと変貌を遂げていた。王の姿は計り知れないほど大きかった。その姿は蝿のようでもあり、悪魔のようでもあり、また神のようでもあった。だが間違いなく、厳然たるその容姿は、彼が宇宙のすべての理の王であることをたしかに示すものだった。

王はその右手で、繭に変化した私を握ってくれた。私の大きさは、王の掌に収まるほど小さかった。私はとても神聖な儀式に立ち会っている気がした。今までの過去の記憶、現在の意識、そして未来への希望が、すべて一体となるような、不思議な感覚が私を満たしていた。

「見るのだ。ここに伸びる樹を」

王のシルエットすら遥かに凌駕《りょうが》するほどの高さの樹が、せせらぎのある岸辺からずっと伸びている。それはきっと、宇宙にすら易々《やすやす》と届く高さだろう。

「この樹は、過去から未来へと流れる時間を示している。葉子よ、この樹にはいくつも枝葉が伸びているだろう？　これは時間の分岐を示しているのだ。君が生きていた時代も、この枝葉の一つに過ぎないのだ。枝葉は途中で途切れたり、また、時に枯れたりもするだろう。だが、この樹は決してとどまることなく、絶えず伸び続けている。それがこの世界だ。すべての生命は、時間と共に生き、死ぬ。私は、それをずっと見守っているのだ」

（蝿の王……ベルゼブブ……あなたは）

「私は愛している。この世界のすべてを。さぁ、行くんだ」

（どこに？）

「未来は定まっているわけではない。新しい時間の流れが、また新しい君を形作るだろう。だが忘れるな。私の愛は永遠に変わらないことを」

王の、暗闇を満たし溢れる声が、繭となった私を溶かしていった。溶け出した私の繭は粒子となって、無限の空間へと散っていった。

エピローグ

放課後のチャイムが校庭に響く。

赫々とした夕焼けに照らされた子どもたちは、皆それぞれの意思に従って散らばっていく。楽しげに会話を交わすもの、遊びに耽るもの、帰る場所に向かって走って行くもの……。

赤いランドセルを背負った小さな女の子。彼女もその一人だ。少女は、校庭の隅にある合歓木の袂で、一人座り込んでいる少年に話しかけた。

「ねぇ！　何しているの？」

少年はハッとして、土で汚れた右手を止めた。そして、突然話しかけてきた少女の顔をまじまじと眺める。彼は木の根元に何かを埋めているらしかった。

「どうしたの？」

少女は不思議そうに彼の手元を眺めた。少女の問いに、少年はおずおずと答えた。

「これ」

彼の左手に載せられていたのは、小さなジャンガリアンハムスターだった。目を瞑り、身体を硬く縮こませている。

「クラスで飼っていたハムスターが死んだんだ。飼育係は僕だったのに……」

少女は少年と同じようにしゃがみ込み、しばらく彼と彼の手の上で眠るハムスターを眺めた。そして、静かに呟いた。

「あなたのせいじゃないよ」

彼は少女の言葉を黙って聞き入れ、濃色の土に掘られた穴にその遺骸を埋め、そっと土をかけた。

「この場所に埋めたら、この子は土に還る。そして長い時間が経ったら、いつか」

彼はすっと立ち上がった。午後の斜陽が彼を照らし、輪郭を柔らかくする。それに合わせて、彼の表情も変化した。深く悲しんでいるような、愛おしんでいるような、そんなふうに少女を見ている。

「会えるかな」

少女は、彼の問いに躊躇うことなく言った。

「会えるよ」

彼女は満面の笑みを浮かべた。

「きっと会えるよ」

その笑顔は、黄金色に輝くようだった。

「ありがとう」

少女の優しさ、それは少年の願ったものだった。少年は心底嬉しそうに、安心したように、にっこりと微笑んだ。

二人を守るように茂る合歓木。やがて来る長い夜の前に、薄紅色の花が、二人の新しい命を祝福するように、咲き出した――。

本書は、二〇一二年に弊社より刊行された『アポカリプス黙示』を改題し、加筆・修正をして文庫化したものです。

本作品はフィクションであり、実在する事件・個人・組織等とは一切関係ありません。

文芸社文庫

アポカリプスの花

二〇二〇年八月十五日　初版第一刷発行

著　者　黒淵晶
発行者　瓜谷綱延
発行所　株式会社　文芸社
〒一六〇-〇〇二二
東京都新宿区新宿一-一〇-一
電話　〇三-五三六九-三〇六〇（代表）
〇三-五三六九-二二九九（販売）
印刷所　図書印刷株式会社
装幀者　三村淳

ISBN978-4-286-21808-3